범우문고 107

표해록

장한철張漢喆 지음 | 정병욱 옮김

범우사

국립중앙도서관 출판시도서목록(CIP)

표해록 / 장한철 지음 ; 정병욱 옮김. -- 2판. -- 파주 :
범우사, 1993(2006쇄)
     p. ;   cm. -- (범우문고 ; 107 - 수필)

ISBN 89-08-06107-X 04800 : ₩2800
ISBN 89-08-06000-6(세트)

816.5-KDC4
895.782-DDC21   CIP2006002594

차 례

□ 작품 해설

1. 서 언

1959년 8월, 여름 방학을 이용한 제주도 종합 학술조사단의 일원으로 참가했을 때에 발견한 이 《표해록》은 우리의 문학사에서 찾기 드문 해양문학의 백미라고 할 것이다. 이제 그 번역문을 공간함에 있어 사족과도 같은 해설을 붙이는 소이는 워낙 이런 붙이의 작품이 전해오는 것이 드물고, 또 한편으로는 국문학 사상 일찍이 독립된 장르로서 다루어지지 않았던 해양문학의 한 작품을 소개한다는 감격에서임을 밝혀두는 바다.

이 작품의 작자는 주로 조선 후기 영조英祖 때에 생존했다고 보이는 장한철張漢喆이라는 유관儒冠이고, 소장자는 이제는 고인이 된 제주도 애월涯月 상업고등학교 교장이던 장응선張應善 씨다. 그는 가보처럼 소중하게 간직

해온 이 문헌을 필자가 볼 수 있도록 기회를 주셨고, 또한 중환으로 신음하시면서 여가를 짬짬이 이용하여 이 책을 정성스레 전사하여 보내주셨기로, 이제 이 작품의 번역본을 공간함에 임하여 새삼스레 장 교장님의 영전에 고마운 말씀과 아울러 애도의 뜻을 표하는 바다.

2. 작자에 대하여

작자 장한철은 현 북제주군 애월면 애월리 출생으로 호가 녹담거사鹿潭居士임을 이 작품 끝의 서명으로 알 수 있다. 그는 제주도로 처음 낙향落鄕한 장일취張—就의 7세손으로, 출생연대는 알 수가 없다. 젊어서 향시鄕試에 응시하여 몇 차례 합격하였다는 것은 이 작품의 서문에서 알 수 있다. 그리고 영조 44년에는 남제주의 산방산山房山에 오른 일이 있고(정원 초사흘조 참조), 그 이듬해에는 한라산에 오른 일이 있었다(12월 26일조 참조).

이같이 이 작품의 작자는 수재로 젊어서 몇 번이나 향시에 합격하였고 또한 고향의 산천을 즐겨 찾다가, 영조 46년 가을에 다시금 향시에 장원을 하게 되자 많은 부로父老들의 권유와 관가의 원조에 힘입어 드디어 서울로 과거科擧길을 떠나게 되었다. 영조 46년 12월 25

일, 일행 29명을 태운 배가 육지에 거의 가까웠을 때 갑자기 태풍을 만나 지향 없이 표류하면서 갖은 고초와 사경을 넘고 4일 만에야 겨우 유구열도琉球列島의 어느 무인도에 표착하게 되었다. 그곳에서 머물기 5일 만인 영조 47년 정월 초사흘에 안남安南의 상고선商賈船을 만나 구사일생으로 구원을 받았으나 다시 본토 상륙 직전에 태풍으로 선체와 함께 21명의 동행자를 잃고 8명만이 겨우 살아남기까지의 경과를 상세하게 기록한 일기가 곧 이 《표해록》이다.

이렇듯 사선을 넘어 겨우 살아났으되 작자는 고향으로 돌아가지 않고 처음 품었던 큰 뜻을 이루기 위하여 곧장 서울로 올라와 과거시험에 응시했으나 불행히도 낙방하고 그 해(영조 47년) 5월 초에 귀향, 5월 말경에 이 《표해록》을 쓰게 된 것이다. 당초 기초起草했던 초고草稿를 마지막 조난 때에 잃었음은 본문 정월 초나흘조와 11일조에 기록된 바와 같다. 비록 그 초고는 잃었으나 경난을 겪은 지 그리 시간이 흐르지 않았고 또한 어느 정도 흥분도 가라앉은 뒤에 쓴 글이기 때문에 정확하고도 상세하면서 사실적인 문체로써 독자들을 매혹시킬 수 있는 작품을 썼을 것으로 생각한다.

그리고 그가 이 작품을 썼을 때의 나이는 지금 정확하게 고증할 길은 없으나 12월 27일조의 내용으로 미루어 처자가 있었음을 알 수 있고, 또 27명의 동행자들이 한결같이 작자를 단순히 유관으로서만 대접하는 것이 아니라 정월 초이틀과 초사흘의 기록 내용에는 분명히 연장자年長者로서 대접한 것으로 보아 적어도 25세 이상 근 30이 된 나이가 아니었던가 추측된다.

그가 이같이 《표해록》을 쓴 4년 후인 영조 51년 정월에 숙망은 이루어져 드디어 과거에 합격하는 영광을 누리게 되었음은 《영조실록英祖實錄》 124권(영조 51년 정월 그믐날)에서 찾아볼 수 있다. 그런데 과거에 합격한 이후의 행적은 오늘날 문헌에 의거하여 상세히 고증할 수는 없으나 근년에 간행된 《탐라실기耽羅實記》에 기록된 바에 따르면, 제주의 대정현감大靜縣監을 거쳐 강원도의 취곡현령吹谷縣令을 지낸 바 있음을 알 수 있으나 그의 몰년沒年은 알 수가 없다.

이상으로 작자 장한철의 생애를 보아 본의는 아닐지라도 뜻하지 않은 재변을 만나 문학사상에 각광을 받을 만한 불후의 작품을 남기고도 오히려 그 이름이 묻혀버린 불운한 문인이었다고 하겠다.

3. 작품에 대하여

이 《표해록》은 크게 두 가지 각도에서 그 가치를 인정할 수 있다고 본다. 그 하나는 문학작품으로서의 가치와 다른 하나는 역사 문헌으로서의 가치가 그것이다. 그리고 문학작품으로서는 모험담과 연애담을 함께 지닌 전형적인 중세 문학작품으로서의 가치를 인정할 수 있고, 문헌적 가치로서는 해양지리지海洋地理誌로서의 가치와 설화집으로서의 가치가 있다고 하겠다.

Ⅰ. 문학적 가치

A. 모험담

(1) 노도근해鷺島近海에서의 조난

영조 46년(1770년) 12월 25일. 일행 29명(선비 2명, 선원 10명, 장사꾼 15명, 육상陸商 2명)이 제주항을 떠나 육지를 향해 가다가 도중에 큰 고래를 만나 혼비백산하고, 해질 무렵에 육지를 약 70리 밖에서 바라보면서 폭풍우를 만나 서북풍에 밀려 망망대해를 헤매게 된다. 작자 장한철은 임기응변하는 언변과 지휘로 죽음만을 기다리고 있는 동행자를 격려하여 바다 위에서 만 3일을 표류하다가 12월 28일 새벽에야 겨우 어느 섬에 표착하였다.

(2) 유구열도琉球列島 호산도虎山島에 표착漂着

아침 안개가 걷히고 섬 위로 상륙한 일행은 그 섬이 무인도임을 알고 섣달 그믐날까지 사흘 동안 열심히 먹을 것과 땔나무를 구해왔다. 산해의 진미를 듬뿍 구해다 놓고 그믐날 밤에는 용왕에게 기도를 하여 살아서 고향으로 돌아갈 날을 기다릴 수밖에 없었다.

(3) 왜구倭寇의 습격

절해 고도絶海孤島에서 맞는 정월 초하루 설날. 모두들 부둥켜안고 통곡이 터지기에 장한철은 그들을 겨우 달래어 윷놀이를 시켰다. 이긴 편을 높은 바위 위에 앉히고 진 편을 발가벗겨 절을 하게 함으로써 웃겨 보았다. 한낮쯤 되어서 어떤 배가 동쪽 바다 끝에 나타나기로 산 위에 올라가 불을 지르고 흰 옷을 장대 끝에 매달아 구원을 청했다. 날이 거의 저물어서야 그 배가 가까이 오더니 10여 명이 종선을 타고 섬으로 내려왔다. 길고 검은 옷을 입었으나 아랫바지는 벗었고 허리에는 길고 짧은 칼을 꽂은 놈들이 달려들어 배에 있는 물건을 모조리 뒤져내고 일행의 옷을 벗긴 채 나무에 거꾸로 매달아두고 떠나버리는 것이었다. 그것은 다름 아닌 왜구

倭寇라는 일본의 해적단이었다.

(4) 안남 상선安南商船에서의 봉변

　이 섬에서 꼬박 나흘이 지났다. 정월 초이튿날은 서남풍이 몹시 부는 날이었다. 문득 서남쪽으로부터 배 두 척이 다시 나타났다. 앞서가는 배는 이미 섬을 지나쳐버렸고 가까스로 두 번째 배가 섬 속에 사람 있는 것을 알고 종선에 5명이 타고 와서 글로써 문답한 끝에 그 배가 안남의 상선임을 알고 구조를 청했더니 일본까지 데려다주겠다는 것이었다. 상상도 할 수 없을 만큼 큰 배에 올라 배 안의 구경도 하고 서면으로 문답을 하면서 이틀을 지냈다. 정월 초닷새, 새벽에 보니 멀리 한라산이 보였다. 고향 산천을 다시 본 일행이 일시에 통곡을 터뜨리니, 안남인들 80여 명이 중국계 상인들과 대치하여 매우 험악하게 구는 것이었다. 이유인즉 옛날에 탐라국 왕이 안남 태자를 살해한 일이 있었는데 이제 안남인의 원수인 제주도 사람들을 만났으니 원수를 갚겠다는 것이었다. 원수끼리 같은 배를 타고 갈 수는 없으니 헤어지는 수밖에 없었다.

(5) 청산도靑山島 근해에서의 제2차 조난

　안남 상선의 밑창에 싣고 오던 배를 타고 다시 망망

대해에 버려졌다. 정월 초엿새. 바람과 비가 몹시도 불어닥치는 날씨였다. 새벽이 되어보니 배는 이미 제주도를 훨씬 지난 서북에 와 흑산黑山 앞바다를 날듯이 달리고 있었다. 하루종일 바람에 밀려 남해안을 방황하다가 저녁 무렵에는 눈보라로 변한 날씨가 더욱 험해졌다. 하늘을 찌르는 물결 속에서 조리질하는 배에 실려는 있으나 정신은 이미 생사의 갈림길을 방황하고 있었다. 조그만 돌섬에 배가 부딪혀 속절없이 죽을 고비를 몇 번이고 넘긴 끝에, 높은 산이 눈을 가로막아 이제는 육지에 가까이 왔구나 하고 마음을 놓는 순간에 배가 바위에 부딪히자 많은 사람들이 물 속으로 뛰어드는 것을 보고 까무러쳐버렸다. 겨우 정신을 수습하니 몇 사람이 물속에서 걷고 있기에 자신도 모르게 뛰어내려 겨우 뭍으로 올라갈 수 있었다. 마을 사람들의 구조로 일행을 챙겨보니 19명은 물에 빠져 죽고 겨우 살아남은 10명 중 다시 2명이 절벽에서 떨어져 죽고 끝까지 살아 남은 사람은 8명뿐이었다.

B. 연애담戀愛譚

혼히 중세기적인 산문 양식散文樣式으로 '중세 로맨스'를 든다. 그리고 그 로맨스는 단순한 모험담으로 이루어진 것과 또 하나는 연애담을 곁들인 두 개의 패턴으로 나눈다. 그런 점으로 비춰보았을 때 우리는 이 《표해록》을 국문학사상에 있어서 하나의 전형적인 로맨스문학으로 규정지을 수 있을 것으로 본다. 앞에서 소개한 바 모험담만으로도 우리는 거기서 충분히 로맨스로서의 특징인 이역異域의 풍토와 기이하고도 진기珍奇한 제재를 볼 수 있었다. 거기다 또 비록 서구의 이른바 아서 왕조의 로맨스나 알렉산더 왕조의 로맨스와는 다르지만 흥미진진한 연애담을 곁들인 것을 간과할 수는 없다. 생사의 기로에서 비몽사몽 간에 만났던 아름다운 여인을 구사일생으로 살아난 직후 현실 세계에서 만나 아름다운 인연을 맺은 이야기는 한국적인 로맨스의 전형으로 보아도 좋을 것 같기 때문이다.

II. 문헌적 가치

A. 해양지리서海洋地理書로서

다음으로, 이 《표해록》을 단순히 하나의 문학작품으로서만 볼 것이 아니라, 하나의 역사 문헌으로 볼 때에 우선 해양지리서로서의 가치를 인정하지 않을 수 없을 것으로 본다. 그가 직접 경과한 경로를 더듬으면 해로海路와 수류水流, 그리고 계절풍의 풍향의 변화를 알 수 있

을 것임은 물론이고, 그가 열독閱讀한 문헌을 더듬으면
또한 참고자료로서의 가치를 잃지 않을 것이다.

B. 설화집說話集으로서

다음으로는, 이 책 속에는 제주도에 남아 있는 전설
이 풍부하게 기록되어 있기 때문에 설화집으로서의 가
치도 아울러 지니고 있다고 본다. 즉 제주도의 삼성三姓
신화와 관련된 이야기(26일조), 백록담白鹿潭과 설문대
할망〔詵麻姑〕의 전설(1월 5일조), 유구 태자琉球太子에 관한
전설(26일 및 1월 5일조), 그리고 해외에 나가 있는 교포
이야기(1월 4일조) 등을 들 수 있을 것이다.

4. 마무리

이제 우리는 국문학사상에 하나의 새로운 별을 얻었
다. 우리는 우리의 문학에 해양문학이라는 새로운 장르
의 목록이 하나 더 늘어났고, 또는 우리의 문학사상에
전형적인 중세기 산문문학을 대표하는 로맨스가 있었
다는 증거를 제시할 수 있게 되었다. 설상가상으로 닥
쳐온 재난을 겨우겨우 모면하면서 기지와 재략과 인내
로 그것을 극복하고 끝내는 그 재난을 이겨내는 주인공

의 영웅적인 행동과 아름다운 여성과의 풍류기담風流綺
譚은 진실로 한국적인 로맨스의 백미됨에 부끄럼이 없
을 것으로 생각한다.

정병욱(전 서울대 교수 · 국문학)

경인년(庚寅年:조선 21대 영조 46년, 1770년) 10월에 내가 향시鄕試에 수석으로 합격하자 마을 어른들이 모두 서울에 가서 과거보기를 권하고, 또 삼읍(三邑:제주濟州·정의旌義·대정大靜의 3부部를 말함)의 관가官家에선 노자를 도와주면서까지 예조에서 보이는 회시會試에 응하도록 권하였다. 나는 종전에도 몇 차례 향시에 합격했으나 서울로 과거보러 갈 수 없었음은, 가는 길이 천리나 떨어진 먼 길인데다 집이 가난하여서 봇짐을 꾸려 멀리 떠날 수 없었기 때문이었다. 이제 다행히 향공鄕貢도 있고, 마침 노자도 마련되었으니 때는 바야흐로 무르익었다 할 만하겠기로 나는 상경할 것을 결심하였다. 김서일金瑞一은 원래 글을 잘하여, 향시가 있을 때마다 나와 같이 시험을 치러 일찍이 초시初試에 뽑힌 적도 있었다. 이런 인연도 있고 하여 나는 서일에게,

"우리가 이런 절도絶島에 태어났기 때문에, 번번이 서울이 번화하단 말만 들었지 한번 유람할 생각을 평생 염두엔들 둘 수 있었겠소만 이제 다행히 진사進士 시험을 보러 가게 되어 나라의 풍물을 구경하자던 소원이 풀린 것이 아니겠소. 그러니 그대도 나와 같이 서울에 가보기를 주선해봅시다그려. 어찌 집을 지키는 앉은뱅이 신세로 만족할 수 있겠소. 또 여러 사람이 도와주어 노자도 많고, 거기에 가 있는 날도 그렇게 길지 않을 거요. 이 기회를 놓쳐서 뒷날에 후회하는 일이 없도록 하오."

하고 꾀었더니, 김생金生도 서울 가기를 결심하였다.

이때가 바로 경인년(1770년) 겨울이었다.

출범出帆

12월 25일

수평선 너머로 아침해가 빙긋이 솟아오르자, 남풍이 잠깐 간들거린다. 본선 사공本船沙工 이창성李昌成, 선부船夫 유창도兪昌道·김순기金順起·김차걸金次傑·고득성高得成·정보래鄭寶來·유일춘柳一春·이성빈李星彬·김수기金壽起·이복일李福日, 상인商人 강방유姜方裕·김방완金方完·양윤하梁允夏·이도원李道元·박항원朴恒元·김복삼金福

三·이득춘李得春·고복태高福泰·양윤득梁允得·이우성李友成·이춘삼李春三·이대방李大方·김필만金必萬·김순태金順泰·장원기張元起, 육상陸商 백사렴白士廉·김칠백金七白 그리고 나, 김서일金瑞一까지 모두 스물아홉 사람이 한 배에 같이 났다.

배를 매어두던 줄을 풀고 항구를 벗어나 바람따라 북으로 북으로 치달으니, 그 속도가 나는 듯이 빠르다. 보이는 것이라곤 푸른 바다와 하늘뿐, 배는 둥둥 반공半空에 떠 있고, 멀리 아물거리는 한라산의 모습은 가이없이 푸르고 넓은 바닷속으로 차츰 사라져 간다.

돌연 날씨가 흐려지더니, 비라도 한바탕 쏟아지려는지 비 올 기색이 하늘을 덮었는데, 배는 앞으로 나아가질 못하고 물결따라 흐를 뿐 하늘은 높고 바다는 넓어 망망하여 끝이 없다. 멀리 점점이 보이는 섬들, 어떻게 보면 붓끝 같고, 다시 보면 아물거리는 돛대처럼 보이는 것이 화탈섬火脫島들임이 분명하다. 그래서 손으로 그 섬들을 가리키면서,

"저 화탈섬엔 사람들이 사나, 살지 않나? 제주에서 여기까진 몇 리나 되나? 그리고 화탈섬에서 육지까진 또 몇 리나 되는고?"

하고 몇 가지 물어보았으나, 사공은 나만 쳐다볼 뿐 대답이 없다. 그 태도를 보아선 말하고 싶은 것이 있는 모

양이지만 말하지 않는 것 같다. 마침 고득성이가 내 옆에 있다가 몰래 나에게 말하기를,

"배에서는 본래 손을 들어 섬을 가리켜서는 안 되는 것입지요. 그리고 해상에선 갈 길이 머냐, 가까우냐고 묻지 않는 게 낫습죠. 보통 그것을 꺼리니까요, 헤헤"

하며, 배에서의 풍습을 가르쳐준다.

이윽고 취사부가 밥을 지어 북을 치며 수신水神에게 치성드리고 나서, 배에 탄 사람도 나누어 먹게 한다.

마침 사공을 붙잡고,

"날씨가 좋고 바람이 잔잔해도 바다를 건너가기란 몹시 위험한 일이 아니겠소. 하물며 오늘은 날도 이미 저물고 또 바다도 가이없이 멀고 넓은데, 어찌하여 추자도楸子島에 배를 대어 잠시 쉬었다가 순풍을 기다려 북륙北陸으로 뱃머리를 돌릴 생각을 하지 않소."
하고 따지듯이 물었더니, 사공의 대답인즉,

"바른 길로 가지 않고, 추자도를 돌아감은 옳지 않습니다. 그렇게 되면 시일을 낭비하게 되지요……."

말이 미처 끝나기도 전에 문득 저녁 하늘을 바라보니, 붉은 해가 잠깐 구름을 벗어나자 구름인지 연기인지 허연 기운이 물결 사이로 일어난다. 구름이 가리기도 하고 햇빛이 반짝거리기도 하여 한참 명멸하며 굼틀거리더니, 돌연 구름은 오색 찬란한 무늬를 이루어 반

공半空에 나란히 떠 있다. 구름 아래로는 마치 무엇인지 우뚝 높이 솟아 있는 것 같고, 어떻게 보면 마치 층루중각層樓重閣 같으나 멀어서 분별할 수가 없다.

한참 있다가 해가 구름에 가려지자 중운누각重雲樓閣과 같던 모양이 이번에는 만첩층성萬堞層城으로 변한다. 눈에 보이는 것이라곤 은빛 물결 위의 횡긍橫亘 뿐이다. 그러나 이윽고 시간이 흐름에 따라 눈앞이 활짝 트이는데, 그제는 모든 것이 온데간데없다. 사공이 이 광경에 놀랐던지 나에게 말하기를,

"제가 이 바다를 건너기 80번도 넘을 텐데, 오늘과 같은 광경을 보기는 처음입니다. 도대체 이것이 무슨 기운인데 능히 이와 같은 변화를 부릴 수 있는지 알 수 없는데요"

하며 자못 신기한 눈치다. 그래서 나는 그것이 곧 신기루였음을 알려주었다. 시 한 자락을 읊어 그것을 알게 하려고 곰곰이 생각하고 있는데 뱃사람이 갑자기 놀라 허둥대며,

"저, 저, 저 동쪽 물결 속에 말입죠. 무엇이 우뚝 솟아 떠 있는뎁쇼. 그, 그게 무얼깝쇼"

하고 일러준다. 그 말에 따라 가만히 내다보니 과연 무슨 동물인지, 머리와 꼬리는 물속에 처박은 채 등마루만 반쯤 내어놓고 물위에 떠 있는데, 길이가 족히 서른

발은 넘어 보인다.

사공이 갑자기 손을 휘저으며 보더니 뱃사람들로 하여금 떠들지 못하게 하고는,

"저게 바로 고래구나, 고래. 큰놈은 배를 삼키고, 작다 해도 능히 배를 뒤엎을 텐데……. 저놈하고 부딪히는 날이면 볼장 다 보겠네, 다 봐. 아이구, 이를 어쩌노" 하며 안절부절못하여 말도 제대로 맺지 못하는데, 그 큰 고래는 아랑곳없다는 듯이 몸을 뒤척이니 물결이 치솟으며 내뿜는 물은 비처럼 쏟아져내린다. 한 번 훌쩍 몸을 날리더니 서쪽을 향해 뱃가를 스치듯 지나가니 물결은 덩달아 길길이 일어나고, 돛대는 꼭 자빠지는 것 같다. 뱃사람들은 모두들 흙빛이 되어 뱃바닥에 꿇어 엎드리고서는 관음보살만 부지런히 외우기를 그치지 않는다. 이윽고 고래는 멀리 사라져버린다. 물결은 다시 잠들 듯 고요해지고 배도 더 흔들리지 않고 잠잠하다.

나는 뱃사람들을 돌아보고,

"숨소리를 죽여서 그 고래가 배 있는 줄을 모르게 하는 것이 옳지, 관음보살이란 염불 소리는 무엇 때문에 내는고. 고래가 도를 닦는 중도 아닌데, 어찌 관음보살을 존중할 줄 알까보냐. 설사 관음보살의 혼령이 남아 있다손 치더라도 어찌 능히 그 고래를 막아내고 이 배를 옹호할 수 있겠느냐. 너희는 도대체 관음보살에게

무얼 축원했다는 거냐"
하고 꾸짖는다. 뱃사람들은 다만 내 말이 옳지 않다 하
고는 몰래 서로 말하기를,
  "배에서의 일은 뱃사람에게 당부할 일이지, 어찌 저
사람은 저렇게 아는 것이 많을꼬"
하는 것 같다. 이때 날은 이미 저물어 저녁을 재촉한다.
먹장 같은 구름이 온 하늘을 덮어온다. 날씨는 음침하
다. 사공도 하도 어이가 없는지 얼굴을 쥐어짜듯 잔뜩
찡그리고는,
  "오늘 천기를 보니 아무래도 수상합니다. 먼저 비바람
이 칠 징조가 보이더니 신기루가 뜨고 고래가 나타났는
데, 역시 또 비바람이 몰아칠 징조가 있으니 원컨대 배
에 탄 사람은 잠시라도 마음을 놓아서는 안 되겠습니다"
하고 일러준다.
  이래저래 걱정들을 하고 있는데, 남풍이 맹렬히 불기
시작하면서 갑작스레 창대 같은 비가 계속해서 내린다.
파도도 덩달아 미친 듯이 날뛰니 배는 마구 까불어댄
다. 뱃사람들은 배가 가는 방향으로 바람이 불어주는
것만으로 오히려 다행하게 생각할 지경이다. 내리쏟는
빗발은 삼단 같아 사람들은 눈을 뜰 수가 없다.

노어도鷺魚島 근해近海의 조난遭難

날은 아직도 저물지 않았다. 배는 이윽고 노어도鷺魚島의 앞에 도달했다. 이 섬은 소안도所安島의 서쪽에 자리 잡고 있는데, 북륙北陸과의 거리는 70리가 된다. 사공은 손을 부지런히 놀려서 닻을 내려 배를 이 섬에다 머무르게 하려고 하나 이 배의 닻에는 돌만 있고 삼지三枝가 없어 삽착揷着이 되지 않아 끝내 배를 해안에 대지 못하고 말았다. 원래 닻이란 것은 반드시 삼자를 갖추어야만 물밑에다 삽착할 수가 있고 닻줄은 뱃머리에 매어서 배를 멈추게 할 수 있는 법이다. 그러므로 닻을 내린다는 것은 배를 물가에 매어두려는 것이나, 이 배의 닻에는 삼지가 없었으므로 어찌 할 도리가 없다. 일이 이쯤 되니 사공이 새 닻을 갖추지 못한 것은 심히 통분할 일이라고 느꼈다. 이러구러 배 댈 겨를도 없이 동풍이 크게 일어나니 배는 바람에 몰리어 서쪽 바다 밖으로 떠내려 나간다. 노도鷺島를 돌이켜보는 것도 잠깐뿐, 다시 푸르고 가이없는 바다가 눈앞에 전개된다. 사나운 바람, 성난 파도. 외로운 배는 솟았다 갈앉았다 하는데, 높이 솟을 젠 마치 하늘 위에 오른 듯하고, 내려갈 때엔 밑도끝도없는 물속으로 빠져들어가는 듯하다.

배에 탄 사람들은 노도에서 바람을 만난 뒤부터는 모두들 살아날 길이 없으리라고만 믿었던지 뱃멀미로 까무러쳐 정신을 잃은 사람이 아니면, 다만 슬피 부르짖고 통곡할 따름이다. 밤은 이미 캄캄하여 동서를 분별할 수가 없는데 바람은 까불어대고 비는 마구 퍼붓고 배는 풍랑에 들볶인다. 배 밑으로는 사정없이 물이 새어 들고, 배 위엔 억수같이 비가 쏟아진다. 배 안에 고인 물은 이미 허리까지 차게 되어 물에 빠져 죽을 재화가 시각을 다투는데, 뱃사람들은 배에 고인 물을 퍼내려 하지 않는다. 애써 퍼내보아야 별수없이 죽으리라는 사실을 잘 알고 있기 때문에 꼼짝도 않고 자빠져 있을 뿐이다. 물을 퍼내라고 명령하고 싶으나 내 명령에 따를 리가 없다. 그래 곰곰이 생각해본 끝에 뱃사람들의 마음을 꾀어보리라 작정하고 배 안에다 대고 큰 소리로,

　"동풍이 몹시 급히 부니 배도 나는 듯이 흘러간다. 하루에 천리를 간다 함은 이를 두고 하는 말이 아니겠느냐. 내가 일찍 지도를 볼 때, 서해에 외연도外烟島가 있었는데 동쪽 소안도所安島와의 거리는 1300리가 된다더라. 이 배가 동풍을 만난 것이 소안도의 서쪽에서이니 서해로 똑바로 향한다면, 배의 속도가 나는 듯 빠르니 내가 생각하긴 내일 아침이면 반드시 외연도에 도착하게 될 것이다. 이 섬은 곧 탐라耽羅가 원元 나라에 조공할 때 수역水驛을 설치했던 곳이다. 우리들에게 모름지기 살아날 길이 있는데 어찌 하늘인들 돕지 않을쏘냐. 더욱이

이 배는 새로 만들어 튼튼하니 아무 근심할 것 없다"
고 외쳤다. 이 말에 사공이 먼저 응답하지 뱃사람들이
다투어 일어나서,

  "만일 말씀대로라면 저희들이 어찌 당신의 종으로서
한평생 그 은혜에 보답치 않을 수 있겠나이까"
한다. 뱃사람들이 틀림없이 죽으리라고들 생각하고 있
었는데, 살길이 있다는 말을 들려주는 바람에 즐거워하
는 기색이 사방에 가득 찬다. 그들은 그 기쁨을 비유할
바 없어, 한평생 종으로서 나를 섬기겠다고 할 정도다.
이때에 뱃사람들은 모두 살길을 찾아볼 마음이 생겼기
때문에 서로 돌아보며,

  "배 밑에 새어드는 물을 새어드는 족족 퍼내지 않으
면 죽음을 빨리 재촉하는 거나 다름없다"
하고 말들을 하며, 서로 경쟁이나 하듯 부지런히 물을
퍼내어 배의 침몰을 겨우 면할 수 있었다. 또 비도 차츰
뜸해지게 되니, 뱃사람들은 더욱더 기꺼워한다. 그러나
막상 나의 근심하고 두려워하며 죽음을 기다리는 마음
은 스스로 위로할 길이 없다. 금산金山・외연 등 여러 섬
이 비록 서해 가운데 있다고는 하나, 중국 명주明州의 기
슭에 가까운 곳이다. 그러므로 원나라가 탐라를 지킬
때 명주에서 배를 떠나 금산에 도착하고 금산에서 다시
외연도에 다다르게 되는데, 순풍을 기다려 앞으로 나아

갔다. 이런 곳이 서른 남짓 있었는데 모두 수역을 설치했다. 이런 것은 죄다 야화에서 얻어 들은 이야기다.

이 야화는 곧 선인先人이 쓴 책이다. 그러니 외연도의 원근과 이수里數를 알 까닭이 없다. 그런데도 살아볼 노력조차 하지 않으려는 뱃사람들을 이 이야기로써 속여 위로함으로써 용기를 북돋워주었던 것이다. 그러나 바람 부는 대로 떠돌아 흘러다니는 배가 어찌 외연도에 반드시 도달하리라는 것을 알 수 있으리요. 게다가 뱃줄도 삿대도 다 잃어버린 데다 기울어 엎어질 염려까지 있는데, 어찌 만리나 되는 먼 바다를 건너 중국의 해안에 머무를 수 있으리요. 뱃사람들은 모두 어리석어서 나에게 속아 배에서 할 일을 명령만 하면 곧 따르니, 이는 참 다행한 일이다. 밤이 이슥하니 바람은 차차 기세가 꺾이고, 비도 멎는다.

12월 26일, 흐리다

해가 뜰 무렵에 보니 배는 물과 하늘 사이에 떠 있다. 사방을 둘러보아야 푸르디푸른 파도뿐 한 점 섬도 없다. 곧 지남철指南鐵을 찾아 사방을 점쳐보니 동북녘의 먼 하늘에 한 줄기 띠 같은 운기雲氣가 가로막혀 있는데, 돌연 해가 솟고 구름이 걷히자 그것은 곧 멀리 떨어져 있는 산임을 알겠다. 까마득히 아물거려 마치 눈썹 같

다. 사공이,

　"저것은 틀림없이 흑산도黑山島일 겝니다"

한다. 그래서 나는,

　"한라산을 알 수 없거늘 어찌 흑산도가 보일 리 있겠
느냐"

했다. 그랬더니 모두들,

　"저희들은 죄다 얼이 빠져 정신이 멍멍하여 일을 많
이 그릇되게 생각합니다. 그러나 낭자께선 알아 깨달으
실 겁니다. 전체를 위해 정신을 잃지 마십시오"

　운운한다. 어젯밤에 동풍이 잠깐 그치더니, 동북풍이
홀연 인다. 배는 바람을 따라가서 서남녘 큰 바다 위에
흐르고 있는데, 이에 이르러 북풍이 심히 급하에 부니,
배는 쏜살같이 달린다. 나는 혼자 이제 와선 외연도에
가 닿게 되리란 이야기로는 군중의 마음을 끌 수 없으
리란 것을 몰래 걱정하고 있었다. 또 겨울 날씨가 화창
하면 반드시 서북풍이 일게 되리라 생각했다. 그래서
곧 군중을 향하여,

　"오늘 만일 서북풍만 불어주면, 오늘밤은 어김없이
유구流寇의 부엌에서 밥을 끓여 먹을 수 있을 거야"

하고 말했다. 그랬더니 군중들이 일제히,

　"어떻게 그럴 수 있으리란 것을 알 수 있습니까?"

하며 못내 초조한 빛이다. 나는,

　"일찍 지도를 보니 유구는 남해 밖에 있으니, 곧 한라산의 정남正南에 있다. 옛날 교리校理 벼슬에 있던 최부崔溥란 이가 표류하여 백해白海를 지나가니 유구가 멀리 바라보였으나, 때마침 동풍을 만나 그곳에 정박할 수가 없다고 했다. 내가 기축년(영조 45년, 1769년) 가을에 한라산에 올랐을 때 마침 하늘은 맑게 개고 구름은 걷혀서 눈이 닿는 데까지 멀리 내다볼 수가 있었는데, 그때 남녘을 바라보니 바다 저쪽에 선연한 줄기 띠 같은 백사정白沙汀이 눈이 끝닿는 곳에 보였다. 그것은 백사白沙가 아니라 바로 백해白海였지. 이로 보면, 유구는 멀다 해야 천리 남짓할 거야. 이제 날도 이르고, 배도 쏜살같이 달리고 있지 않나. 하루에 천리를 갈 수 있을 테니 유구는 결코 먼 곳이 아니다"

하고 일러주었다. 야화에 적혀 있기는 백해白海·흑해黑海·적해赤海를 다 건너고 나면 비로소 유구에 도달한다 하는데, 그 거리는 멀어서 몇천 리인지 알 수 없다 했는데 내가 다만 천리 남짓하다고 말한 것은 역시 군중의 마음을 위로하려 했기 때문이다.

　여러 사람들은 기꺼이 듣고는,

　"겨울에는 늘 서북풍이 많이 부는 법인데 어제 바람이 이미 북풍으로 바뀐 걸 보면, 오늘은 반드시 서북풍이 불리란 것을 점을 쳐볼 것도 없이 가히 알 수 있는 일입니다"

하고들 말한다. 그들은 다시 다투어 사공을 꾸짖기를,

"선상 대장船上大將이라 함은 곧 사공을 이르는 말로서, 매사를 지휘할 권한이 모두 사공에 있기 때문이다. 그런데 이 사공은 배가 표류한 뒤로는 입을 봉한 듯, 손이 묶인 듯, 능히 한 가지 일도 지휘하질 못하고 남의 입만 쳐다보고 마치 제비 새끼 먹이를 기다리듯 하고만 있으니 그래 그 꼴이 뭐냐. 너는 대장직을 사양하고 밥 끓이는 병졸이나 되는 것이 어떤고"

하며 야단이다. 이에 김서일이,

"이 사공은 배를 타서 건너기를 80번을 넘어 했어도 여태까지 실패한 일이 없었는데……. 이제 이와 같은 곤란을 당하는 것을 보니, 음릉陰陵의 늪 속에 빠진 패장군(敗將軍:초나라 항우項羽가 어떤 농부의 계략에 빠져 그가 안내한 대로 음릉으로 행군하였다가 그곳에서 몹시 곤란을 당하였다는 고사에서 나온 말)이 아니냐"

하고 한마디 한다. 나는 그 말이 섬세하지 않음을 싫어하여 곧 말을 바꾸어,

"보다 공교한 자는 노력하고 졸拙한 자는 편안한 것이니, 너는 부졸 선생賦拙先生을 배우려는 것이냐. 좋은 일은 맡아 해도 잔잔한 일은 좋아하지 않느니, 너는 반식재상(伴食宰相:무능한 대관大官을 이르는 말. 《당서》에 '時人

謂之伴食宰相’이란 말이 있음)이 되려 하느냐. 촉蜀을 마치 범처럼 두려워하니, 너는 건귀 장군(巾幗將軍:사마의司馬懿를 이름.《진서》에 ‘亮遺懿巾幗婦人之飾以辱之’라 나옴)이 아니냐”

하고 사공을 놀려주었다. 촉을 두려워한다 운운한 것은 어젯밤에 동풍이 몹시 심하게 부니 배는 나는 듯이 달렸다. 그러니까 어떤 사람이 서촉西蜀에 닿을 것 같다고 말했던 것이다. 이에 사공은,

 “만일 서촉에 도달하게 되면 영영 돌아올 수가 없지. 차라리 그렇다면 우리나라 바다에 몸을 던져 장사지냄만 같지 못한데……”

하며 말했기 때문이다. 그래서 이제 촉을 범마냥 두려워한다고 말했던 것이다. 배에서는 이야기가 죄다 삽시간에 즐거워하는 가운데 터져나왔다. 내가 억지로 기쁜 얼굴빛을 짓고, 굳이 희담戲談을 하려 함은 군중의 마음을 안정시키고 싶었기 때문이다. 이윽고 서북풍이 세게 분다. 다시 배는 미끄러지듯 달린다. 모두들 반드시 유구로 가게 되리라 생각하고 있다. 나는 유구는 산수가 아름답다는 둥, 물품과 재화가 풍부하다는 둥, 이야깃거리를 자꾸 만들어댔다. 그랬더니 모두들 기뻐하며 몇 번이나 유구에 내왕하였기에 그렇게도 용하게 유구에 대해서 잘 알고 또 자랑할 수 있느냐고들 말한다. 나는

그곳에 관한 책을 보고 안다고 대답했다. 김서일은 어제 폭풍을 만난 뒤부터 뱃멀미에 곯아떨어져 정신을 잃고 있었는데, 이제 차츰 풍파도 가라앉고 하여 뱃멀미가 없어지면서부터 비로소 정신을 가다듬게 되어 일어나기도 하고 눕기도 하더니, 나를 보고 크게 원망하는 빛으로,

"집사께선 일찍이 스스로 말하기를 남자가 이 섬(여기서는 濟州道를 말함)에 태어남은 가마 속의 고기와 다를 바 없다. 그러니 어떻게 하면 서양 사람들의 커다란 종려선棕櫚船을 얻어 타고 사해四海를 두루 돌아다니며 천지간天地間의 빼어난 경치를 볼 수 있으리요 하던 것이 평소 늘 염두에 두던 소원이 아니었습니까. 이제 다행히 조그마한 조각배를 타서서 머나먼 바다 위를 떠다니게 되었으니, 흥취가 어떠합니까. 이제 원하던 바를 속 시원히 다 풀었습니까. 그러나 사람의 무심함이 집사와 같은 이를 아직껏 보지 못했습니다. 노도의 서쪽으로 배가 표류하면서부터는 아무래도 살아날 가망이 없고, 밤새도록 사지死地를 드나들지 않았습니까. 또 지금만 해도 살아날 도리는 만무합니다. 살기를 좋아하고 죽기를 싫어함은 사람의 상정이라 사람들이 모두 근심하는데 홀로 근심하지 않고, 사람들이 우는데 홀로 울지 않고 오히려 뱃사람들을 호령하며 기색이 양양하니,

그래 홀로 쌍오당雙梧堂만이 슬피 부르짖고 통곡하는 감정을 느끼지 못하겠단 말입니까"
하며 대들 듯 말한다. 쌍오雙梧란 내 중부仲父의 당호堂號다. 생각하면 슬프구나. 내가 어려서 고아가 되어 쌍오당 슬하에서 자라날 때, 나를 그럴 수 없이 귀여워해주셨다. 마치 등백도(鄧伯道:백도는 자. 이름은 수攸. 진晉 양릉襄陵 사람이다. 석륵石勒이 군사를 일으켰을 때 피난을 갔는데 그때 자기 아우가 일찍 죽어 있었기 때문에, 그 조카를 온전히 돌보려고 자기 아들은 나무에 매어둔 채 갔다는 고사가 있다. 본문의 형의 아이란 말은 잘못임)가 형의 아이를 보존하던 풍토가 있었으므로 내가 어떻게든지 은혜를 갚으려 했으나, 아직도 지극한 은혜에 대해서 보답하지 못하고 있다. 그리고 내가 목석이 아닌 다음에야 간장肝腸이 찢어지도록 그 정리情理가 망극함을 모를 리 있으리요. 내가 난처한 감정을 드러내지 않고 마음속으로만 품고 있어 그 낌새를 사람들에게 나타내 보이지 않음은 중심衆心을 위로하지 않고서는 사람들이 전력을 다하여 살아날 계획을 강구하지 않을 것 같기 때문이다. 그런데도 서일이 내 무심함을 꾸짖는 것은 나를 알지 못하기 때문이다. 나는 대답하기 곤란하여 다만 웃으면서,

"그대는 내 마음을 몰라. 언제 몰래 내 마음을 툭 터놓고 이야기할 날이 있을 걸세"

하고만 말했다. 김생은 갑자기 나를 등지고 비스듬히 드러누우며,

"내 자자손손은 응당 당신의 자자손손과 대천지원수_{戴天之怨讐}를 맺을 거요"

한다. 나는 또한 웃으며,

"그대의 자손들과 내 후손들은 통가지의_{通家之誼}가 앞으로는 더욱더 두터워지게 될 걸세"

하고 대답했다. 김생은 다시는 대꾸도 하지 않고 다만 아버지, 어머니 하며 슬피 울부짖을 뿐이다. 나는 그 마음을 위로해주려 했으나, 나를 더욱더 원망하여 말이 서로 오고갈 수 없다. 그래서 다른 사람을 시켜 그 마음을 위로시켰으나 역시 아무런 효과도 없었다.

오후가 되니 한라산도 시야에서 사라져버리고 다시 보이지 않는다. 바람은 점점 사나워지고, 파도도 다시 날뛰기 시작한다. 바다와 하늘이 서로 맞닿은 듯 망망하여 가이없다. 오늘 아침 화정_{火丁}에게 명령하여 죽을 쑤어 뱃사람들에게 먹이려 했다. 내가 근심하기는 여러 사람들의 폐와 위장이 바싹 말라 있을 것 같아서, 그것을 좀 윤택하게 하여 병나지 않게 하려 했던 것이다. 뱃사람들은 모두,

"배에서 죽을 쑤는 것은 그것을 꺼리는 풍속이 있을 뿐만 아니라, 또한 밥이 잘 되었느냐 못 되었느냐로써

갈 길의 좋고 궂음을 가히 알 수 있습니다"
하고 말하며 밥짓기를 권한다. 그래서 밥을 짓기로 했
다. 밥은 기뻐하며 물에 말아 먹었다. 배 안에 실어둔
단물이 다 떨어졌다. 바닷물은 짜서 마실 수 없으므로
배에는 반드시 육지의 물을 저장해두는 법이다. 사람에
게 있어 물과 불이 없으면 살 수 없는 것인데, 이제 물
도 이미 다 말라 없고 땔감도 얼마 남지 않았으니 이치
로 보아서도 죽음이 있을 뿐이지 살 가망이 없다. 내가
어젯밤 비바람이 칠 때 물통에 담긴 물이 많지 않음을
알고는 뱃사람들로 하여금 빗물을 받아 그 물을 물통에
저장하려 하니까, 김재완이라고 평소 우락부락한 사람
이 있었는데 이 자가 불쑥 한다는 말이,
  "용궁에 가면 그 부엌에 단물이 있을 텐데, 하필 빗물
을 받아갈 건 뭐람."
한다. 말하는 품이 흉측하기 짝이 없어 사설辭說을 더 늘
어놓고 싶지 않았고 또 아무래도 죽게 되리라 생각했기
때문에 다시는 물을 저장하는 데 대해서는 관념하지 않
았다. 그런데 오늘 마침 물이 모자라고 나서는 뱃사람
들이 모두들 김재완을 허물하고 한편 내가 뒷일을 염려
하던 안목에 탄복한다.
  이로부터 뱃사람들은 모두 머리를 조아려 내 명에 따
르게 되었다. 모든 지휘에 관해서는 오직 나의 지시만

기다리게 되었으니, 나는 의젓하게 한 배의 고사篙師가 된 셈이다. 그러나 단물은 이미 다 없어져서 저녁이 되었으나 밥을 끓일 수가 없다. 또 날은 이미 땅거미가 져서 어둑어둑해지는데 눈보라가 번갈아 몰아쳐서 얼고 굶주려 살아날 길이 만무하다. 그래서 명을 내려 눈을 모아 물통에다 저장하고, 또 그 눈을 끓여서 물을 얻어 밥을 지어서 먹었다. 밤은 이미 깊다. 이때 서풍이 크게 불어 성난 파도가 산더미처럼 밀려드니, 뱃사람들은 다급해서 어쩔 줄을 모르고 서로 붙들고 울 뿐이다. 나는 뱃사람들에게,

"이제 바야흐로 땔감과 먹을 물이 다 떨어졌으니 굶주려도 먹을 도리가 없다. 만약 배가 머물러 선 채 나아가지 못한다면 우리들은 틀림없이 바다 가운데서 굶어 죽게 될 게다. 이제 다행히도 바람이 급히 불어 배가 몹시 빨리 달리니, 머지 않아 응당 저절로 살길이 트이게 될 것이다. 너희들은 어쩌면 그렇게 어리석고 미혹하냐."
하며 나무랐다. 이러니 무리들은 울음을 그치고 지금 어떤 방향으로 바람이 부느냐고 묻는다. 나는 여하튼 염려하지 말라고 속였다.

나는 일찍이 남쪽 바다에 깔려 있는 여러 나라의 지도에 대해서 쓴 많은 책을 열심히 훑어본 적이 있다. 무릇 탐라의 한라산은 큰 바다 가운데 있어서 오직 북으

로 조선과 통할 뿐인데, 그 수로水路는 980리 남짓하다. 동·서·남의 삼면은 바다가 있을 뿐 땅이 없는데, 넓고 또 넓어 끝이 없다. 일본의 대마도는 한라산의 동북에 있고, 일기도一岐島는 정동正東에 있으며, 여인국女人國은 동남에 있다. 한라산의 정남正南에는 곧 크고 작은 유구의 섬들이 있으며 서남에는 안남安南·섬라暹羅·점성占城·만랄가滿剌加 등의 나라가 있다. 정서正西는 곧 옛날의 민중閩中, 지금의 복건로福建路다. 복건의 북은 곧 서주徐州·양주楊州의 지역이다. 옛날 송宋이 고려와 교통할 때에는 명주明州에서 배를 떠나 바다를 건넌다. 명주는 양자강의 남쪽에 있는 지방이다. 청주靑州·충주兗州는 한라산의 서북에 있는데, 이상 여러 나라는 모두 탐라와는 바다로 막혀서 몹시 먼데 그 거리가 몇천만 리가 되는지도 모른다. 그 중에서도 가장 먼 곳에 있는 것은 동해에 있는 벽랑국壁浪國으로서 일본의 동쪽에 있다. 거인도巨人島는 일기도의 동남에 있는데, 인적이 두절되고 백성들에게는 정교政敎가 미치지 못해서 이 세상과는 완전히 딴판인 곳이다. 옛날에 탐라에는 사람이 없었는데, 삼을(三乙:탐라국을 개창했다는 세 신인. 곧 고을라高乙那·부을라夫乙那·양을라良乙那를 말함)이 처음으로 이 섬에 하강했다. 그러나 아직 배우자가 없었으므로 벽랑국의 임금이 자기의 딸 셋으로 아내를 삼게 하였다는 말이 있다. 이것이 비록 황당한 이야기라 할지라도, 옛날 송宋 천성天聖 기사년(己巳年:송 인종 7년, 1029년)에 탐라인인 정일貞一등이 표류하다 거인국巨人國에 도착하였는데, 섬사람들에게 붙잡혀 배 타고 도망하여 살아온 자는 겨우 일곱 사람이었다 했는데 이것은 동사東史에 적혀 있다.

이제 나는 배를 타고 이렇게 가고 있는데 만약 유구에 도착하지 못하면 반드시 여인국이나 일기도에 들어가게 될 것이다. 만약 그렇게 되지 못하면 슬프구나. 내 죽은 뒤의 시체는 해동(海東:해신의 이름)·마함(馬銜:수신의 이름)의 먹이가 될 것이요, 천오(天吳:수신의 이름)·망상(蝄象:수신의 이름)의 삼키는 바 될 것이다. 요행히 이런 신세를 면한다 하더라도 혹시 나인국裸人國으로 표류해가는 것이 아닐까. 혹은 흑치黑齒란 종족이 사는 곳에 흘러들어가지나 않을까.

바다란 것은 그 크기가 끝이 없을 정도여서 하늘과 땅이 삼키듯 싸고 있고, 해와 달을 거꾸로 세우며 주애천허(朱崖天墟: 중국의 남쪽 끝에 있는 해남도의 동반부를 이름)로써 남북의 애안涯岸으로 삼고, 석목(析木:석목은 성차星次의 이름. 여기서는 동쪽을 의미함)·유사(流沙:중국의 서쪽에 있는 큰 사막. 곧 고비사막)로써 동서의 주저洲渚로 삼고 있다. 나로 하여금 만약 장건張蹇의 뗏목만 얻게 한

다면, 그것으로 가히 강의 근원으로 거슬러올라가 은하
銀河에 도달할 수 있겠고, 만약 산옹山翁의 잎을 얻어 탄다
면 가히 만리를 눈깜짝할 새 달려 고향에 닿을 수 있겠
으나 어찌 그런 이치가 있으리요, 어찌 그런 술책이 있
으리요. 오직 꼼짝하지 못하고 죽음을 기다릴 뿐이다.

　이때 나는 묵묵히 생각하기를, 뱃사람들은 모두 서북
풍이 이미 바뀌어졌음을 알지 못하고 오로지 유구에 닿
을 수 있을 것만 다행하게 여기고 있는 판이다. 그러나
서풍이 배를 휘몰아가고 있으니 유구에 닿을 수 없다.
만일 뱃사람들이 내일 아침에 서풍이 불고 있었다는 사
실을 알게 된다면 반드시 한바탕 울고불고하게 될 것이
니, 먼저 일을 꾸며 꾀어두는 것만 같지 못할 것 같다.
그래서 나는 일부러 깜짝 놀라며 깨닫는 것처럼 하고는
무리들을 돌아보고,

　"우리가 만일 유구에 들어가게 되면 살아 돌아올 도
리가 없는데 이를 어쩌나"하고 말했더니 모두들 낙담
하고는 놀라 묻기를,

　"무슨 말씀입니까?"
한다.

　"옛날에 유구와 우리나라는 서로 사이좋게 지냈었
지. 그래 유구 사신이 오면 승평관昇平館에 배를 정박시
켰는데 이는 곧 지금의 전라도 순천부順天府야. 그러나

워낙 해로海路가 멀고 멀어서 한결같이 통교通交할 수는 없지만 사신들이 전후해서 오고가고 했지. 유구 사신으로 온 사람은 셋이었는데, 그중 둘은 그 이름을 잊어버렸다. 광해조 신해년간(辛亥年間:광해군 3년, 1611년)에 이르러 유구의 태자가 탄 배가 바람부는 대로 흘러 제주濟州에 닿았는데, 그때 목사牧使가 노략질하러 온 도적이라 속이고는 화공火攻하여 죽여서는 재화와 보배를 빼앗았지. 이로부터 유구는 우리와 절화絶和했다는 이야기가 있거든. 이러니 그들이 제주 사람들을 본다면, 어찌 복수하려는 마음이 없겠느냐 말이다"
하니, 모두들 놀라서 얼굴빛이 변하여 흙빛이 되어서는 어찌할 바를 알지 못한다. 나는 사공에게 지남철을 주며 다른 사람에게 불을 비춰주게 하고는 다시 풍세風勢를 살피도록 했다. 그러니까 사공이 바람의 방향을 점쳐보더니 대답한다.
  "이는 바로 서풍입니다. 아마 유구에 가 닿는 것은 피하게 될 것 같습니다."
  나는 짐짓 크게 기쁜 듯이,
  "그렇다면 여인국이나 일기도에 닿게 될 테지"
하니, 선원들도 역시 나를 따라 즐거워하였다. 무릇 내가 백 가지 수단으로 꾀어 스스로 위안이 되도록 한 까닭은, 선원들로 하여금 전력을 다하여 침수를 막아 배를 구해보려 했기 때문이다. 그리고 또한 뭇사람이 울고불고하는 몰골을 보고 싶지 않았기 때문이다. 그러기 위해서 마음이 타도록 애쓰며 온 정신과 노력을 다하고 있음을 아무도 모르고 있다. 그들은 나에게 속아 살길이 있는 것으로 알고 있기 때문에 그렇게 조바심을 가지고 있지 않다. 오직 하늘에 축원하여 성명性命을 살게 해달라고 빌며, 혹은 관음보살을 외우며 신의 도움을 빌고 있다. 그러나 나는 반드시 죽게 될 자리를 알고 있는지라 비록 겉으로 태연한 체하며 좀 답답함을 풀어보려 하나, 가슴은 꽉 막히고 흉격胸膈은 번조煩燥하여 자주 물을 찾아 마셨다. 드디어 눈이 시뻘겋게 충혈되기까지 이르렀다. 정보성은 짐을 풀어 헤쳐서 나에게 황감黃柑 다섯 개를 주며 먹으라 하고, 그 밖에도 어떤 사람은 귤유橘柚로써, 어떤 사람은 주포酒脯로써 앞을 다투어 나에게 주며 먹게 하니 뭇사람들이 지성으로 나를 섬김이 이와 같다.

하늘은 동이 트러 하고, 바람은 잔다. 날씨는 봄처럼 따사하니 대개 남방의 기후는 북쪽과 다르기 때문이다.

12월 27일, 맑다

해무海霧가 사방을 가리고 있어서 멀리 바라볼 수 없다. 배는 바람을 따라가고 있을 뿐, 어디에 이르고 있는지 알지 못하겠다. 날이 저물어지려 하는데, 갑자기 이 상한 새가 울며 날아 지나간다. 표류한 뒤로는 이 세상과 멀리 떨어져 있고 머리를 들어 보아야 보이는 것은 하늘뿐이요, 바다는 가이없이 멀고 넓다. 이따금 크나큰 물고기가 물결을 쳐서 일으키는 것을 보게 되는데, 그 이빨, 눈이 두렵기만 했다. 이제 홀연 새소리를 듣게 되니 뱃사람들이 모두 기꺼워한다. 내 마음도 역시 늦추어져 비로소 이승에서 살 뜻을 지니게끔 되었다. 사공은,

"이것은 곧 물새지요. 낮에는 바다 위에 떠돌아다니다가 저물면 반드시 모래섬〔洲渚〕에 돌아와 잡니다. 지금 날도 이미 저물어 어둑어둑하니 새가 돌아가기 시작하는데, 이로 보아서도 모래섬이 먼 데 있지 않음을 알겠습니다. 아깝구나, 안개에 가려 사람이 사는 세계를 바라볼 수 없음이. 그러나 이제부터는 가히 살길을 얻을 수 있겠습니다."

한다. 뱃사람들은 모두 기뻐 날뛰며 어쩔 줄을 모른다. 다만 안개가 걷히지 않음을 한탄할 뿐이다. 곧 명을 내려 저녁밥을 짓게 했다. 밤이 되니 바다와 하늘이 맑게 개고, 하늘에는 은하銀河가 씻은 듯이 밝게 걸려 있다. 남쪽 하늘을 바라보니, 큰 별이 눈에 띈다. 신령한 꼬리는 바다를 쏘는 듯하고 상서로운 빛은 하늘에 가득하

다. 나는 뭇사람들을 보고,

　"너희들은 이 별을 아느냐 모르느냐. 이는 곧 남극 노인성南極老人星이라 하는 별이지"
하고 일러주었다. 서일은 조금 문식文識이 있는 사람이라 오히려 믿지 않으며,

　"중국의 형악(衡岳:오악五嶽의 하나. 중국 호남성 형산현에 있음)과 조선의 한라산을 오른 연후에야 비로소 노인성老人星을 볼 수 있는 거지, 어찌 이 바다 위에서 그 별을 볼 수 있습니까"
한다. 나는 이 말에 대해서,

　"그대의 미혹함이 몹시 심하구려. 형산은 중국의 남악南岳이 되고, 한라산은 조선의 남해에 있지 않소. 형산이나 한라산에서 이 별이 보이는 까닭은 그 산들이 극남極南에 있기 때문에 그런 것이지, 산이 홀로 이 세상에서 높다고 해서는 아니오. 만일 홀로 높아 이 별을 볼 수 있다면 이 세상의 산은 곤륜崑崙보다 높은 산이 없지 않소. 그러나 아직 이 산에 올라가서 노인성을 보았다는 사람이 있다는 말을 들은 적이 없소. 대체 하늘의 생김새는 북극이 높고 남극이 낮은 지형을 하고 있으며, 서북이 높고 동남이 낮소. 곤륜은 본래 높은 데다 또 서북의 높은 지대 위에 자리잡고 있으므로, 비록 형산이 높다 한들 역시 곤륜의 지하에 있는 것이오. 그러므로

곤륜에 올라가 보아도 남극의 하늘은 땅속에 들어가 볼 수 없는 것이오. 형산이나 한라산은 모두 남극의 지역에 있으므로 곧 남극의 별을 볼 수 있는 게 아니겠소. 하물며 이런 형산이나 한라산은 이남의 바다이니, 안계眼界가 남극에 더욱 가까운 것이지요”

하며 일러주었다. 또 지남철을 손에 들고 그 별을 보니, 별은 정방丁方의 하늘에 있다. 이는 한라산에서 보는 바와 그 방향이 같다. 이로 미루어 보아 배는 지금 한라산의 정남正南에 있으며, 따라서 또한 유구의 지경에 가까이 와 있음을 가히 알겠다. 그래서 뱃사람들이 차고 있던 호패(號牌:16세 이상의 남자가 차던 패, 성명·생년간지를 써넣고 관청의 낙인을 받았음. 일종의 신분 증명서)를 보두 바닷속에 던져버리라고 명령했다. 이는 유구에 도착한 뒤에 탐라인이라는 흔적이 드러나지 않게 하기 위함이다. 뱃사람들이 밤에 눈썹을 붙여 보지 못한 지도 오래되었다.

이날 밤에 바람은 가볍게 산들거리고 파도는 잠잠하다. 새는 울어 밤이 가까움을 알리니, 살아날 길이 있음이 반갑다. 서로 더불어 이야기하기도 하며 웃기도 한다. 밤이 이슥하니 마음이 풀어져 책을 베고 잠이 듦을 깨닫지 못한다. 나는 뱃전머리에 높이 누워 이런 근심 저런 근심으로 마음이 편치 않아 잠을 이루지 못하고 몸을 어루만지며 자신이 가련함을 생각하니, 아득한 하늘과 바다 사이에 오직 홀로 외따른 그림자에 지나지 않는구나. 이어서 또 스스로 명도命道의 불행함과 물위에 떠돌아다니는 신세를 생각하니, 나도 모르게 슬픈 눈물이 소매를 적신다. 그런데 가장 애통한 것은 쌍오당이 가슴이 찢어지도록 슬피 통곡하고 울부짖는 모습이 마치 눈으로 보듯 선하게 나타나는 일이다. 슬프구나. 만약 쌍오당이 나를 인자하고 사랑스럽게 거두어 기르지 않았더라면, 나는 이미 무덤 속에 뒹구는 뼈가 되었을 것이다. 내가 부모에게 보답하지 못한 효도를 쌍오당에 옮겨서 섬겨보려 한 것이 나의 지극한 소원이다. 그런데 신상의 일이 불행하여 이 지경에 이르렀으니, 이 정情, 이 한恨, 어찌 끝이 있으리요. 또한 근심되는 것은 아내와 아이다. 그들은 어떻게 살아나갈까. 만약 하늘의 도움을 받아 봉득鳳得으로 하여금 병 없이 자라나 어른이 된다면 선인先人의 제사를 맡길 수 있고, 만족蠻族이 사는 바다에 빠져 죽은 혼을 부르게 할 수도 있을 것이다. 그러나 아이는 아직도 어리고 집은 몹시 가난하니, 어찌 밥을 먹고 자라나서 어른이 되기를 바랄 수 있으리요. 설사 내가 요행히 죽음을 면한다 하더라도 어느 세월에 고국에 살아서 돌아갈 수 있으리요. 만약 내가 살아서 돌아갈 수만 있다면, 나는 반드시 책 보는 일을 집어치우고 바깥 일에 구속됨이 없이 수 묘畝의 뫼 밭을 몸소 갈아서 쌍오당이 살아 계신 동안 효도로써 봉양하며, 또한 늙은 아내로는 종이에 바둑판을 그리게 하고, 어린 아이로는 바늘로 낚시를 만들게 하여 내 일생을 이와 같이 해서 마칠 수 있을 테니 천지간에 다시 무엇을 구하리요. 이렇게 생각하면서 이리저리 뒤척이며 잠을 이루지 못했다. 만사가 마음에 걸리고 온갖 수심愁心이 가슴에 가득 찬데, 스스로 억제하기 어렵다. 잠을 자고 싶으나 잠이 오지 않는다.

28일, 맑다

하늘은 아직도 밝아오지 않는다. 안개 기운이 다시 일어나 불과 몇 발 앞을 분별할 수가 없다. 기웃이 아침 해가 바다 위로 솟아오르니 북풍이 잠깐 인다. 짙은 안개가 개자 사면이 훤히 드러난다. 배의 위치를 보니, 조그마한 섬의 북쪽에 와 있다. 바람을 따라 점점 그 섬으로 다가서고 있다. 즐거워하는 기색이 온 배에 가득하다. 마치 꿈속과 같다. 뱃사람들이 웃으면서 나에게,

"저희들이 이로부터 마땅히 당신의 종이 되어야겠으니, 그것이 걱정인데요"

한다. 드디어 서로 떠들며 웃기를 마지 않는다. 모두들 기뻐 어쩔 줄을 모른다. 마침내 배는 해안가에 들어선

다. 뱃사람들이 나를 부축하며 옹위하여 내려섰다. 서로 둥그렇게 모여 앉았다. 해는 벌써 높이 솟아 있다. 그 즐거움을 무엇으로 가히 형용하며 비유할 수 있으리요. 한참 만에 사공이 입을 연다.

"섬 가운데 만약 단물이 솟는 샘이 없다면 앉아서 죽음을 기다릴 판이오. 누가 가서 샘이 있는 데를 찾아보고 올 사람은 없소?"

김재완金才完이가 이 말에 응하여 앞으로 나서며,

"얼마 전, 바다에서 내가 부질없이 악담惡談한 죄가 있으니, 원컨대 샘을 찾는 공을 세워 일찍 망언妄言한 죄를 갚게 해주시오"

한다. 그래 몸 단속을 하고 막 떠나려 하는데, 홀연 푸른 사슴이 해변 숲속에서 튀어나오더니 서쪽을 향해 뛰어 달아나는 것이 보인다. 나는 재완을 불러서,

"너는 이제 갈 필요가 없다. 우리는 이미 샘이 있음을 알았으니까"

하니, 모두들 이상하게 여기며 그 까닭을 알려달라고 청한다.

"무릇 사슴이란 산에 있는 짐승으로서 이 짐승이 살려면 들에서 나는 다북쑥을 먹어야 하고, 혹은 연못에서 물을 마셔야만 되지. 이것이 이 섬엔 샘이나 시냇물이 있다는 증거야. 또 이 섬은 바다에서 보면 마치 한

조각 조그마한 섬과 같으나, 이 섬은 틀림없어 남북이 길고 동서는 좁을 것이고, 분명히 조그만 섬이 아닐 거야. 우리가 듣기는 바다에 있는 섬의 들판으로서 30리가 되지 못하면 제각蹄角을 가진 짐승은 능히 살 수가 없지. 이제 들이 있는 것으로 미루어보면 섬의 크기는 반드시 30리를 넘을 거야. 그런데 마땅히 사람이 살 만한 땅에 사람이 살지 않고 내버려두었으니, 심히 괴이한 일이다."

하고 대답하니, 그들은 또 묻는다.

"어찌 꼭 사람이 살지 않음을 알 수 있습니까?"

"만약 사람이 산다면 모래 위엔 반드시 고기잡이의 자취가 있을 것이요, 풀숲 사이에는 바다로 해물海物을 따러 나오는 길이 생길 게 아니냐."

하고 대답하니, 모두들 그 밝은 통찰력에 탄복한다. 김서일도 역시 웃으며,

"내 이번 여행은 스스로 창귀倀鬼가 있어서지만, 집사執事를 심히 원망치 않을 수 없었는데 집사의 말씀을 들을 때마다 가슴속이 툭 틔어 후련함을 아니 느낄 수 없습니다."

한다. 김재완이가 높은 언덕에 올라가서 사방을 바라보니 이 섬은 과연 남북이 길어서 폭이 가히 4~50리는 될 것 같더라 하고, 또 한 샘이 있는데 그 맛이 몹시 달고

사원하더라고 말한다. 뱃사람들은 땔감을 장만하고 샘
물을 길어 죽을 쑤어 마셨다. 사람들은 모두가 지쳐 쓰
러지듯 하여서 해변 모랫가에 자리를 깔고 옹기종기 모
여 앉았다.

"아 섬에는 이미 사람이 살지 않기 때문에 갯가에는
필시 전복이나 조개 등속이 많을 게고, 산중에는 또 필
시 들쥐가 먹고 사는 풀뿌리가 있을 테니 만약 들쥐가
먹는 풀뿌리를 파내어서, 또한 전복과 조개로써 반찬을
삼으면 넉넉히 살아갈 수 있을 거야. 다만 배 속에 저장
해둔 소금과 간장이 떨어졌으니 어쩌나 하지만, 우리가
바닷물을 끓여 소금 만드는 방법을 알고 있으니, 어떻
게 간장 없이 밥 먹게 될 것을 걱정할까 보냐"
하고 나는 말했다. 여러 사람들은 남은 양식이 얼마나
되는지도 아직 모르고 있다. 그래서 그것을 모아보게
하니, 쌀이 한 말 남짓하고 좁쌀은 대여섯 말쯤 될 것
같다. 이것은 스물아홉 사람의 수삼일 간의 양식에 지
나지 않는다. 죽을 쑤어서 살아갈 셈을 쳐도 역시 예니
레 치밖에 되지 않는다. 날이 저물게 되어, 언덕에 의지
하여 막冪을 쳐서 밤을 지낼 곳을 마련하였다. 배는 물
에서 깊숙이 들어간 모퉁이에다 끌어 두었다. 이는 바
람을 피하게 하고 떠내려갈지도 모르는 근심을 없애기
위해서였다.

29일, 흐리다

나는 뱃사람들을 거느리고 높은 데 올라 사방을 돌아 보니 보이는 것은 푸른 물결뿐이요, 멀고 넓어서 끝이 없다. 남쪽을 바라보아도 끝이 없으나, 마치 섬들의 모습이 있는 듯한데 이것이 혹시 유구琉球의 지경이 아닐까. 지금 우리가 서 있는 이 섬은 남북의 길이가 20리 남짓하나, 동서는 5리도 되지 못하겠다. 섬 가운데 세 봉우리가 있어 서로 다투듯 아름답다. 높이가 쉰 길은 넘어 되겠는데, 높고 낮음이 같지 않다. 흙빛이 붉으며, 능곡陵谷이 많다. 섬에 가득 찬 것은 나무들로서 푸른빛, 초록빛을 내뿜는 듯 무성함을 자랑한다. 아가위·소나무·잣나무가 많고, 그 밖에도 잡초가 많은데 때는 아직 봄이 아니건만 새잎이 돋아나고 있어 봄의 모습을 나타내니, 마치 우리나라의 이삼월 기후 같다. 바위나 골짜기 사이에는 대가 많은데 큰 것은 서까래만 하고, 또 산약山藥을 파내니 큰 뿌리는 팔뚝만하다. 쥐가 큰 것은 고양이 같은데 맥없이 바위틈 사이를 출몰하고, 갯가에는 전복이 많고, 산짐승 노루와 사슴은 떼를 지어 다닌다. 물새·들새는 그 이름을 모르는 것이 많다. 갈가마귀는 수풀을 둘러싸고 갈매기·해오라기는 섬에 가득하다. 한 줄기 원천源泉이 가운데 봉우리 아래에서부터 나오는데, 그 끝물은 기다란 시냇물을 이루어 굽

이굽이 돌아 흘러 한참 어정거리다가 동쪽으로 해서 바다로 빠져든다.

나는 여러 사람과 더불어 시냇가에 다다라 앉아서는 졸졸 흐르는 시냇물의 맑고 깨끗함을 즐겼다. 그 시냇물에 마음이 끌려 머뭇거려지며 쉽게 물가를 떠날 수가 없다. 시를 읊으며 이리저리 거니는데, 문득 큰 귤橘 하나가 상류에서부터 둥둥 떠내려온다. 정보성이가 그것을 건져내어서는 나에게 바치며 한다는 말이,

"이것은 바로 제주도에서 나는 물건인데 어떻게 해서 여기까지 왔는가요?"

한다. 서로 다투듯 만져보며 즐기며 마치 고향의 귤을 대하듯 반가워한다. 또 시냇물을 따라 올라가기 1리一里를 지났을 때, 시냇가 숲 사이에 한 쌍의 귤나무가 있는데 초록빛 잎사귀는 그늘을 짓고 있으며, 붉은 열매가 사이사이 비쳐 보인다. 뭇사람이 손을 부지런히 놀려 따서 싫증이 나도록 먹고는 그 나머지를 싸서 돌아왔다. 다시 시냇물을 쫓아 내려와서 바다에 이르니, 시냇물은 끝나고 포구浦口를 이룬다. 사람들이 물에 들어가 전복을 땄다. 모두 20여 개 된다. 전복의 크기는 원경圓徑이 네댓 치가 되는데, 그 크기가 이상하다. 사람들이,

"물밑에는 전복이 아주 많은데, 따올 수가 없는데요"

하고들 말한다. 산중에서 캔 산약山藥도 역시 많으므로

등藤나무 넝쿨로써 그것을 묶었다. 무거워서 들 수 없어 두 묶음으로 갈라서 두 사람을 시켜 등에 지고 오도록 했다. 저물어서 막소幕所에 모두 모여서 산약山藥을 잘게 썰어 그것을 쌀 조금과 섞어서 아침밥과 저녁밥을 짓게 하니 그 맛이 아주 구미에 당긴다. 생복生鰒은 삶고 회치고 하여, 사람들은 모두 자기 양量대로 배불리 먹었다. 생각건대 이 만리풍랑萬里風浪 가운데서 이렇게 별다른 차림으로 살아가는 도리가 있으니, 그 어찌 기행奇行이 아니리요. 나는 뱃사람들에게 명하여 대를 베어서 막대기를 만들고, 거기다가 옷을 찢어 기旗를 만들게 하고는 높은 봉우리 위에 세워두게 하고, 또 봉우리 꼭대기에 장작을 쌓아 불사르게 하여 연화烟火가 밤낮으로 끊이지 않게 하였다. 김재완은,

"이것은 무슨 뜻에서 이럽니까?"

하니, 서일이 재빠르게,

"너는 어찌 그리 어리석으냐. 이 섬은 비록 사람 사는 세계와 떨어져 있다 할지라도 조만간 필시 바다를 내왕하는 배가 있을 게 아니냐. 대저 봉우리 위에 기를 세우고 연화를 끊이지 않게 하는 것은 모두 구병救兵을 부를 수 있기 때문이야"

하고 받아넘긴다. 모두들 이 말을 듣고서는 열복悅服한다.

30일, 비가 오다

아침에 비가 오기 시작하더니, 오후가 되니 퍼붓듯이 비가 내린다. 사람들은 모두 막幕 속으로 말려들어 나들이를 할 수 없다. 비는 상床마다 새어 마른 곳을 찾아 앉을 수도 없다. 몰골들이 수참修慘하기가 마치 물 새는 배 위에 있는 것 같다. 문득 하늘이 깜깜해지고 바다는 어두워지며 파도가 솥에 물 끓듯 끓어오른다. 한바탕 천둥이 물결 사이에서 일어나니, 번쩍거림은 어두움을 빛내고 빛은 산악을 흔들고 소리는 하늘과 바다를 진동시킨다. 돌연 한 떼의 검은 구름이 천둥과 번개를 끼고 바다에서 일어난다. 처음에는 짧고 점차 길게 꿈틀거리며 위로 오르더니, 마침내 하늘을 떠받치고 바다를 찌르고 있어 그 끝을 볼 수 없다. 천둥 소리와 번개가 검은 구름 가운데서 우르르하고 번쩍번쩍 빛난다. 고래·자라·거북 등이 물결 사이로 뛰어오르며, 달려가 부딪치기도 한다. 참으로 사람이 사는 세상에선 볼 수 없는 장관壯觀이다. 모두들,

"이것은 곧 용龍이 하늘에 오르는 것입니다. 풍우風雨의 천둥은 모두 그 신의 변화입니다."

라고 한다. 이윽고 검은 구름이 하늘과 바다 사이를 떠받치며 찌르고 하다가, 크게 한 번 꿈틀하더니 바다 위에서 뿌리를 끊고 거둬들여 둘둘 뭉치며 높은 하늘을

향해 올라간다. 뇌성은 점점 멀어지면서 서북쪽 하늘에서 울려오고 있다. 얼마 뒤 구름이 걷히고 비가 개니 바다와 하늘은 열리듯 밝아진다. 바로 그때에 양윤하가 나와 땅에 엎드려서는 용을 향해 축원한다.

"용왕님, 이제 승천하셨으니 삼가 용왕님 앞에 비나이다. 특별히 호생지덕好生之德을 내리셔서 우리들 목숨을 살려주옵소서."

또한 그는 막 속에 있는 사람들을 돌아보고, 손을 저어 부르고는 목소리를 같이하여 축원케 하려 한다. 사람들이 모두 나와 바윗머리에 엎드리고서는 윤하가 한 대로 빈다.

날이 개었다. 사람들은 혹은 포구浦口에 가서 전복을 뜯기도 하고, 혹은 산에 올라가서 마薯를 캐기도 했다. 날이 저물어 사람들이 죄다 모였을 때는 산나물이 결示結에 그득하고, 해산물이 대광주리를 철철 넘는다. 강재유가 큰 전복을 가지고 와서는 나에게 말하기를,

"이 전복은 아주 큰 것이라 회를 만들어 드리고자 별도로 가져왔습니다."

하며 그 껍데기를 따니, 그 속에는 쌍주雙珠가 있는데 오색 찬란한 빛이 눈을 쏜다. 그 생긴 모양은 균원均圓한데, 크기는 까마귀 알만하며 두 개가 서로 비슷하여 크고 작은 분별이 없어 참으로 이 세상에선 얻기 어려운

보물이라 하겠다. 모두들 서로 그것을 다투듯 만져보며 즐기면서 칭찬하기를 마지 않는다.

백사렴이란 자가 있었는데 상인이다. 이 사람이 전복을 따온 재유에게 언약하기를,

"이 구슬을 나에게 준다면, 본국에 돌아가서 마땅히 50금을 주겠다"

한다. 이에 재유는 사렴을 흘겨보며,

"장낭자張郎子에게 드리지 않고, 너에게 값을 받고 줄 것 같으냐"

한다. 이렇게 말하는 의도는 그 구술을 나에게 주고 싶었기 때문이다. 이에 나는,

"네가 이미 구슬을 캐었으니 값을 받고 팔 것이지, 내가 어찌 그것을 가지겠느냐."

거절하며 받지 않았다. 재유는 거듭 내 뜻과는 달리 백가白哥에게 구슬을 주며,

"이 쌍주의 값이 200금을 내리지는 않는 거지만, 어찌 그 값을 제대로 다 받을 수야 있겠냐. 뒤에 100금百金만 주면 좋다.

"50금이 제 값이야. 100금이면 너무 비싸."

종내 주긴 했지만 한참 서로 다투기를 마지 않았다. 장사치의 중리重利가 이보다 더 심할 수가 있을까. 만리 풍도萬里風濤에 살아 돌아갈 기약도 없는데 다만 이득을

독차지하는 데만 급급하니, 어찌 이 죽일 놈의 장사치를 택하리요.

오늘이 섣달 그믐이다. 넓으나 넓은 땅에 몸둘 방 하나 없다. 모두들 서로 마주보며 울기만 한다. 사공이 나에게 묻기를,

"탐라의 바다는 바람만 불면 물결이 날뛰며 배도 간혹 가라앉으니 이는 파도가 몹시 험악한 때문이지요. 이제 한라산 이남을 지나가지 바람은 비록 맹렬하나 물결이 험악하지 않으며, 물결은 비록 높으나 배가 위태롭지 않으니 이는 무슨 이치입니까?"

한다. 나는 이에,

"천하의 지형을 말하자면, 중국은 평원과 광야廣野가 많고, 그 변두리는 높은 산과 큰 못이 많지. 그 중에서도 우리나라 산천은 흐르고 숫음이 몹시 급하고, 5리에 산이 하나, 10리에 강이 하나씩 있을 정도로 그 수가 많지. 지맥地脈은 백두산에서부터 흘러내려 조선의 땅을 형성했는데, 조선의 여맥餘脈이 남으로 내려와 소안所安 · 추자楸子 · 탐라耽羅 등이 되고, 동남의 한 갈래가 대마對馬 · 살마薩摩 · 대판大阪 등 일본의 땅이 되었다. 동래東萊로부터 일본에, 그리고 남해南海로부터 탐라耽羅에 이르기까지 그 사이에는 비록 수천 리나 되는 큰 바다로 막혀 있지만 바다 밑은 천봉만학千峰萬壑이지. 이는 조선

과 아주 밀접한 산천이야. 그러므로 바다 위에 풍파가 일어나면 배 타기가 극히 위험하게 되는 것은 수세水勢의 충격으로 바다 밑에 있는 봉우리와 골짜기에 진동되어 부딪히기 때문이다. 그러나 대저 한라산 이남인 즉 바다 밑이 평평하게 넓어서 높은 산과 깊은 골짜기에 의해서 격렬한 물결을 일으키는 일이 없지. 그러므로 수세水勢가 그리 위험하지 않지"

라고 대답해주었다. 이 말에 사공도 과연 그렇겠다고 수긍한다. 사공의 질문을 받고, 또 내가 말하는 가운데 나 역시 스스로 깨닫는 바가 있었다. 자그마한 배를 타고 탐라해耽羅海를 지난 일이 많았다. 탐라에서 배를 떠나 북륙北陸으로 향하여 갈 때 배가 반쯤 와서 서쪽으로는 크고 작은 화탈火脫 섬들이 있고, 동쪽으로는 여서餘鼠·청산靑山의 섬이 보이는데 비록 바람이 자고 물결이 잠잠할 때에도 수세水勢는 반드시 질펀히 흐르다가 치솟고, 빙빙 돌아 모이는가 하면 어느덧 뭉글뭉글 흐르고 하여 여기를 지나려면 모두 위험해한다. 이는 이른바 물밑의 봉우리와 골짜기가 격렬한 물결을 일으키는 증거다. 이제 한라산을 지나 남쪽으로 가면서 사방을 돌아보아야 한 점 섬도 없으나 수세水勢는 그리 험급險急하지 않으니, 이는 이른바 물뼈 평평하게 넓어서 봉우리나 골짜기가 격렬한 물결을 일으킬 수 없는 증거라

하겠다.

　신묘년(辛卯年:영조 47년, 1771년) 정월 초하루, 맑다
　만리나 떨어진 먼 지역에서 해를 보내고 새해를 맞이
하는 슬픈 회포를 누르기 어려워 서로 마주보며 운다.
나는 여러 사람들에게 윷놀이를 시켜서 이긴 사람은 바
윗머리에 높이 앉게 하고, 진 사람은 발가벗은 채 그 아
래에서 절을 하게 하여 웃음을 자아내게 하였다. 이도
역시 객수客愁를 풀어주려는 뜻에서였다. 나는 여러 사
람들에게,
　"지방이 50리만 넘어도 군신君臣·상하上下와 백관의
부고府庫가 있는 법인데, 이 섬이 비록 작다 하나 둘레가
10여 리나 되고 더욱이 산에서 나는 것이나 해산물이
살아가기에 풍족하고, 비옥한 토지, 큰 들판은 족히 땅
을 일구어 경작할 만하며, 이 사이사이에는 마땅히 어
호漁戶·수촌水村이 있을 법한데, 대체 어떻게 되어 사람
이 살지 않고 그대로 내버려져 있을까. 생각건대 해적
이 혹시 여기에 자주 몰래 나타나므로 사람들이 이 섬
에 붙어살지 않는 모양이야"
하니 사공의 대답이,
　"요즘 해내海內가 평온하여 산을 가나 바다에 머무나
도적을 방비할 필요가 없는데, 어찌 유독 이곳에만 해

적이 있겠습니까"
한다.

대낮에 한 점 돛대가 동쪽 바다 너머에서부터 오고 있다. 뱃사람들은 모두 즐거워하며 섶을 더 집어 넣는다. 불을 분다, 법석대며 연기와 불빛을 일어나게 하고, 높은 언덕에서 죽기竹旗를 휘두르고 모두들 목소리를 높여 큰소리로 부르짖었다. 이는 저쪽에 들리게 하기 위해서였다. 날이 저물려 하자, 그 배는 점점 우리가 있는 섬에 가까이 다가온다. 배 위에는 머리를 푸른 수건으로 동여매고, 아래는 아무것도 가린 것 없이 위에 검은 장의長衣를 꿰어 입은 사람들이 보인다. 왜인倭人이다. 그 배는 섬을 지나서 간다. 구해 줄 의사가 없는 모양이다. 우리 뱃사람들이 부르짖으며 큰소리로 우는 그 소리가 바다와 하늘을 진동시킨다. 홀연 그 배에서는 조그만 배를 내려 우리가 있는 섬으로 보낸다. 그 조그만 배에서 장정 10여 명이 섬에 올라오는데, 허리에는 모두 장검長劍과 단검短을 차고 있다. 기색이 거칠고 사나워 보이며, 눈썹도 제멋대로 생겨 볼품이 없다. 그들은 마구 뛰어와서 나를 에워싸고는 글을 써서 물어본다.

"너는 어느 지방 사람이냐?"

나도 역시 글을 써서 대답했다.

"조선 사람인데 표류하다가 여기 와 닿았소. 빌건대

자비심慈悲心을 내려 우리 목숨을 살려주소. 여러분들은 어느 나라 사람이며, 지금 어디로 가는지 모르겠소.”

“나는 남해 불장南海佛將으로 지금 서역西域으로 가고 있다. 네가 보물을 나에게 넘겨주면 살 것이고, 그렇자 않으면 죽을 줄 알라.”

“우리나라는 본래 보물이 나지 않거니와 또 폭풍을 만나 바다를 표류하다 이렇게 겨우 목숨만을 건진 것이오. 배에 있던 물건은 모두 바다에 던져버렸으니 몸뚱아리 외에 어찌 척물隻物인들 있겠소.”

왜인들은 서로 무어라고 시끄럽게 떠들어대나 야만인의 말소리라 알아들을 수가 없다. 이윽고 왜인들은 칼을 빼어 휘두르고 큰소리를 지르며 달려들어 몸에 걸친 옷을 발가벗기고는 꽁꽁 묶어 나무 위에다 거꾸로 매단다. 다른 사람들도 역시 옷을 벗기고, 또 막 속에 있던 생복 등을 가져 가며, 다만 양식과 옷만을 남겨두고 서로 떠들며 타고 왔던 조그만 배를 타고 돌아가버린다. 이때에 여러 사람들이 간신히 결박을 풀고 나와서는 급히 거꾸로 매달린 나를 풀어주었다. 다시 살아날 기회를 얻었다 했더니 사실은 이때가 위태로운 시기였다. 그 일을 말하면 골수까지 싸늘해진다.

아아, 왜노倭奴는 원수다. 마땅히 하늘 아래 같이 살 수 없는 원수다.

"시험삼아 한강漢江 위에 이르러 멀리 바라보니, 이릉
(二陵:정릉靖陵과 선릉宣陵. 이 두 능은 임진왜란때 일본군에
의해 발굴당했음)의 소나무·잣나무는 가지가 나지 않
더라"는 시詩를 읊을 때마다, 내 담膽은 소리치고, 내 피
는 혈관을 끓이며 울고 있다. 왜놈이여, 왜놈이여, 마
땅히 참斬할 만하구나. 사람들이 천번이라도 그 칼로써
마땅히 찌를 만하구나. 사람들이 만 번이라도 그 쇠뇌
〔弩〕로써.

대저 하늘이 내린 생물들은 모두 사람에게 유익한 것
이다. 비록 태호泰虎가 모질다 하나 그 가죽에서 자면 가
히 우리 몸을 온전히 해주고, 영사永蛇가 독毒이 있다 하
나 먹이로 쓰이면 가히 우리 병을 낫게 할 수가 있다.
그런데 오직 저 왜놈이란 종자는 사람에게 터럭만한 이
로움도 주지 못하고, 그 해독으로 말하면 태호·영사보
다도 더 심하다. 하늘이 어찌 이런 종자를 만들어내었
을까. 직접 조물주造物主를 허물하려 했으나 그렇게 할
수는 없다.

일본 해적의 약탈을 당한 뒤부터 사람들은 생기가 없
이 죽을상이다. 그들은 모두 봉우리 위에 둔 깃대와 연
화를 없애버려서 다시는 수적水賊을 부르는 일이 생기
지 않도록 하고 싶어한다.

나는 이에 반대 의견을 내세웠다.

"그것은 그렇지 않다. 왕래하는 배가 어찌 모두 수적뿐이겠느냐. 오직 왜인의 성질이 사람을 해치는 버릇에 젖어서 우리에게 그러한 모진 짓을 한 것이다. 만약 그밖에 다른 남국南國 사람이면 풍기風氣가 유약柔弱하고 인심이 너그러워서 우리가 죽을 지경에 이른 것을 본다면 반드시 살려줄 것이다. 어찌 가히 목이 잠겨 먹지 않음으로써 스스로 살아날 길을 끊겠단 말이냐."

사공은,

"저 남쪽 바다 구름 사이로 아득하게 보이는 것이 필시 유구국琉球國일 겁니다. 그 거리는 아마 7~800리에 불과하겠지요. 만약 북풍만 불어준다면 세 밤이면 닿을 텐데, 어찌 여기서 울적하게 오래 머물러 있으면서 세월을 헛되게 보낸단 말이오"

하니, 모두들 사공의 말이 심히 좋다고 찬성이다. 그래서 나는,

"그것도 한 방책일 수 있다. 그러나 급히 떠나서 낭패하면 좋지 않다. 아직은 천천히 있어보는 것이 좋을 거야"

하며 말을 막았다.

배 위의 뱃줄과 삿대를 모두 바다에서 잃어버렸으므로 뱃사람들에게 명을 내려 도끼를 들고 산에 올라가서 나무를 베어 노〔櫓棹:노와 상앗대〕를 마련해두도록 했다.

아울러 삼지정三枝碇도 갖추도록 했다.

초이틀날, 흐리다

아침에 서남풍이 사납게 불기 시작한다. 바다에 떠 있는 해도 음산해 보인다. 서남쪽을 바라보니 멀리 돛대가 시야에 들어온다. 사람들은 서로 돌아보며,

"수적水賊이 아니라고 어찌 알랴"

한다. 나는,

"바다 위를 홀로 다니며 간혹 떼를 지어 도적질하는 일이 있는데, 저기 오는 배는 한 척이다. 그리고 왜선倭船이 아닌데 어찌 도적질을 할 리가 있겠느냐"

하며 마음을 위로해주었다.

저녁때가 될 무렵, 그 배는 점점 가까이 다가온다. 배의 크기가 이상하다. 이른바 하늘을 가리는 산과 같다. 그 배는 동북쪽으로 직향하고 지나가버린다. 앞선 배가 지나쳐 가버리니 뒤따라 오던 배도 역시 지나가 버린다. 아무리 기를 휘두른다, 연기를 올린다, 쉴새 없이 부르짖어도 그 배는 덤덤히 바라보기만 하고 지나가며 구해주려 하지 않는다. 바다 위에 배를 타고 갈 때, 표류하는 사람을 만나게 되면 처치하기 곤란하므로 못 본 체해버리는 것이다. 한 배는 아직도 뒤에 떨어져 있으므로 있는 힘을 다하여 울부짖으며 살려달라고 빌었다.

다행히도 그 배는 섬에 바짝 다가와서 지나가므로 부르 짖는 소리가 서로 들리며, 사람의 생긴 모습도 가히 분별할 수 있을 만하다.

우리들은 일제히 호곡號哭하며, 머리를 수그리며 애걸하는 모습을 보였다. 그러나 그 배는 한 마디 물어보는 일도 없이 눈깜짝할 새에 지나가버린다. 그렇건만 사람들의 울부짖으며 도움을 애걸하는 소리는 끊일 줄을 모른다. 그 배는 갑자기 노를 돌리더니 우리를 향해 와선 닻을 내리고 배를 세운다.

다섯 사람이 작은 배를 타고 내려온다. 모두들 붉은 빛 바탕의 화포畵布로 머리를 싸고, 몸에는 소매가 좁은 초록빛 비단옷을 걸치고 있다. 그 중에 수염과 머리털은 깎지도 않고 머리에 원건圓巾을 쓰고 있는 사람이

"너는 어느 나라 사람이냐?"

하고 글을 써서 나에게 묻는다. 나는 조선 사람으로서 표류하다 여기에 닿게 되었으니, 부디 자비심을 베풀어 고국故國에 살아 돌아갈 수 있도록 해주기를 빌 따름이라고 대답했다. 원건圓巾을 쓴 그 사람이 내 글을 보더니 얼굴에 즐거운 빛을 띠고는 재차 나에게 묻는다.

"너희 나라 땅에 중국인이 얼마나 살고 있는지 알고 있느냐?"

나는 모른다고 대답하면서도 그가 우리나라에 있는

명明나라 유민遺民을 말하고 있는 것이 아닌가 하는 생각이 났다.

"명나라 유민으로서 우리나라로 피하여 들어온 사람은 참으로 많습니다. 그리고 나라의 풍속은 예의를 숭상하므로 그들을 아주 후하게 대접하고 있습니다. 그리고 조정에선 그들의 자손들을 등용시키고 있습니다. 우리는 섬에 동떨어져 살고 있기 때문에 명나라 사람들이 어디어디에 흩어져 살고 있는지 그 수는 다 헤아릴 수 없습니다. 그런데 상공相公은 어느 나라에 살고 있으며, 또 어디로 가고 있는지요."

붓을 들어 적으니 그의 대답이,

"나는 명나라 사람인데, 안남국安南國에 가서 살고 있는 지가 오래 전부터지. 지금 콩을 팔러 일본에 갈 예정이다. 네가 본국에 돌아가고 싶거든 나를 따라 일본에 가는 것이 어떠냐?"

나는 그 사람이 명나라 사람임을 알았다. 나는 울면서,

"우리들 역시 황명皇明의 적자입니다. 임진壬辰년에 왜구倭寇가 우리 조선을 함몰시켜 우리를 어육魚肉으로 만들고 도탄에 빠지게 했는데도 능히 우리들을 물·불 속에서 살아나게 하고, 우리를 임석衽席의 위에 있게 한 것은 어찌 황명이 번방藩邦을 다시 만든 은혜가 아니리요. 아아, 슬프도다. 갑신(甲申:명 의종 17년, 1644년 3월에 이

자성李自成이 서울을 함락시키매, 의종이 자경自經하여 죽은 것을 말함)년 3월 천자(명나라)께서 돌아가신 소식을 갑자기 들었을 때, 우리 조선의 충신·의사의 마음으로써 어느 누가 한 하늘을 이고 살아가려 하며, 어느 누가 동해에 빠져 죽지 않으려는 사람이 있었으리요. 그러나 부모가 돌아가셔도 효자는 그 뒤를 따라 죽을 수 없음은 천명天命이 같지 않고, 살고 죽음이 다르기 때문입니다. 이제 머나먼 곳에서 다행히 상공을 만나게 되었습니다. 우리는 사해四海의 형제일 뿐만 아니라, 같은 일가一家의 신자臣子입니다. 만약 도움을 받아 고국에 살아 돌아가게 된다면, 우리들 일생은 황명께 생명을 선사받은 거나 다름없겠습니다. 지금 우리는 어디에서 죽게 될는지도 알 수 없습니다."

라고 썼다. 가만히 원건 쓴 사람의 거동을 보니, 그는 내 글을 읽고 목이 메도록 슬픈 뜻이 넘치는 곳에는 붓을 끌어당겨 점點을 친다. 또 읽고는 점點을 친다. 그러더니 같이 온 사람들과 무슨 말을 한다. 손을 움직이기도 하고, 머리를 흔들기도 하는데 그 뜻을 알 수 없다. 이윽고 그 원건 쓴 사람이 크게 한바탕 웃더니 내 손을 붙잡으며 우리 일행을 이끌고는 작은 배에 올라탄다. 물결을 헤쳐 건너서 큰 배에 옮겨 탔다. 나는 일행에게 주의를 시켰다.

"우리나라는 예의로써 천하에 소문이 나 있으니, 너희들은 아무쪼록 서로 사랑하고 공경하여 어질고 무던하다는 인상을 보여야 한다. 그리고 나를 섬기되 아주 존경하는 뜻을 보여 혹시라도 실례됨이 없게 하라."

배에 탄 뒤, 그들은 먼저 차반茶飯을 먹게 하고, 다시 백소주白燒酒를 준다. 그리고 나중에 죽粥을 먹인다. 그리고는 우리 일행 스물아홉 사람을 한 방에 들어앉혀 침식寢食의 장소로 삼게 한다. 사람들이 모두 나를 보고 꿇어 엎드려 감히 자리를 같이할 수 없다는 뜻을 보이자, 그 사람들은 그 뜻을 깨닫고 스물일곱 사람은 다른 방에서 거처하게 하고 다만 서일과 내가 같이 지내게 되었다.

배를 보니 마치 커다란 집 같은데, 방실房室의 수효는 헤아릴 수 없이 많다. 연이은 추녀, 엇갈린 난간, 겹겹이 있는 방문과 큰문, 장난감, 골동품, 살림 도구, 병풍과 장지에 그려져 있는 글씨와 그림 등 모두가 다 극히 정묘하여 이루 다 적을 수가 없다.

초사흘, 흐리다

어젯밤 꿈에 나는 고향에 가 있었다. 감나무 잎사귀는 파릇파릇하게 막 돋아나고 버드나무 그늘이 한참 무르익었는데, 집의 아이가 손으로 앵두를 만지작거리고 있었다. 나는 그를 무릎 위에 끌어안았다. 그러다가 하품하며 기지개를 켜면서 깨어보니 보이는 것은 엉성한 등불이 가물거리고 있을 뿐 몸은 배 창문가에 나동그라져 있다.

서일을 발로 차서 깨우고 꿈 이야기를 했다.

"푸른 버들, 붉은 앵두는 사오월에나 볼 수 있는 것이니 내가 고향에 돌아갈 시기는 내년 여름이 될 것 같소."

이렇게 되고 보니, 고향을 그리는 마음이 더욱더 절실해져서 누워서 이리저리 뒤척이며 잠을 이룰 수가 없다. 그런데 문득 닭 우는 소리가 들린다. 마치 왼쪽 바닷가에 있는 마을에서 들려오는 것 같다. 나는 곧 놀라도록 기쁘고 황홀해서 어쩔 줄 몰랐다. 우리는 이미 사람들이 사는 세상에 도착했음을 알겠다. 다만 모르는 것은 우리가 도착한 곳이 일본 땅이냐, 조선 땅이냐 하는 것뿐이었다. 나는 곧 서일을 시켜 이창성 등 다른 방에서 거처하는 사람들을 불러 깨웠다. 배 안은 갑자기 떠들썩해진다. 원건을 쓴 사람이 무슨 일인가 하고 왔다. 그래서 나는 그에게 닭 울음 소리가 들리는 까닭을 물었다. 그랬더니 그의 대답이,

"이 배에서는 닭과 개를 기르지요. 그래서 그 소리를 들은 게지요. 속세는 아직도 만리나 더 떨어져 있죠."

아침이 되니 스물일곱 사람이 모두 나에게 와서 배알

拜謁을 한다. 그리고는 꿇어 엎드려서 내 명령을 듣는다. 그 하는 품이 심히 공손하다. 배에 있는 사람들은 서로 돌아보며 부산히 지껄여대며 웃는다. 나를 가리키며 무어라 말들을 하고, 스물일곱 사람을 손가락질하며 어쩌고저쩌고 한다. 우리나라 사람들의 예절을 지키는 모양을 칭찬하는 것 같다. 나는 글을 써서 원건을 쓴 사람의 성명을 물었더니, 곧 임준林遵이라 한다. 나는 임준에게,

"배에는 머리를 깎지 않고 건巾을 쓴 사람이 많고, 역시 머리털을 깎고 머리를 싸맨 사람도 많으니 이는 어떻게 다릅니까?"
하고 물었다.

"안남은 남해南海 밖에 있는데 중국에서 멀리 떨어져 있지요. 명나라가 청淸에게 망해 불행하게 되자 명나라 사람들로서 안남에 피해온 사람이 대단히 많습니다. 저 건巾을 쓰고 머리를 깎지 않은 스물한 사람은 모두 명나라 사람들이지요."

나는 다시 우리들이 머물렀던 작은 섬의 이름을 물었더니, 곧 유구 지방의 호산도虎山島라 한다.

또 건을 쓴 다른 두 사람이 나에게 글을 써서 묻는다.

"당신에 나라에선 칭신稱臣하며 청나라에 조공을 드리고 있는지요?"

나는 대답하기 난처했다. 그러나 대답하지 않을 수도 없어서,

"우리들이 살고 있는 곳은 서울에서 멀리 떨어져 있을 뿐만 아니라 시골에서 자라나 아직까지 서울에 들어가본 일이 없으니, 무릇 조정朝廷에 관계된 일은 하나같이 알 수 없습니다."

하고 글로써 대답했다. 그들의 성명을 물었더니 한 사람은 호당胡王當, 다른 또 한 사람은 진증陣增이라 일러준다. 선제船制를 돌아보려 해도, 추녀·난간이 빽빽하고 겹겹이 쌓여 있어 그 끝을 알지 못하겠다. 임준 등 세 사람이 나를 인도하여 선복船腹 깊숙이 들어갔다. 사공은 나를 따라다녔다. 층층다리로 해서 마치 누각을 내려오듯 내려와 보니, 배의 크기는 넓이가 가히 100걸음 남짓하고, 그 길이는 배倍가 될 것 같다. 배 한구석에는 파와 채소를 심어둔 밭이 있다. 닭과 오리도 있는데 사람들이 가까이 가도 놀라서 나는 일이 없다. 한구석에는 땔감을 많이 쌓아두었고, 혹은 그릇 등속을 잡다하게 놓아두었다. 또한 물건이 있는데, 그 크기는 10섬들이 항아리 같으며 위는 둥글고 아래는 모가 나 있다. 옆에는 구멍이 하나 뚫려 있는데 연枘보다 큰, 붉게 칠한 나무못으로써 그 구멍을 막았다. 그 못을 빼면 물이 솟구치듯 뻗쳐 나온다. 그 위에는 전자篆字로 된 작은 명문

銘文이 있는데 그 뜻은 알 수 없다. 임준이가 글을 써서,
  "이것은 물그릇입니다. 배가 바다로 나오면 단물을 얻기가 어렵지요. 이 그릇에다 물을 채워두면, 써도 다 마르지 않고 더 부어도 넘치는 법이 없지요."
하며 일러준다. 또 층층다리를 밟아 내려가니, 미곡米穀·금수錦繡·백화百貨가 그득하게 쌓여 있다. 그런데 이는 한구석에다 모아 다른 것과 구별해두었다. 양·염소·개·돼지 등 가축도 많이 기르고 있는데 떼를 지어 놀고 있다. 또 층층다리를 밟아 내려갔다. 그랬더니 바로 배의 밑바닥이다.

  대저 배의 제도는 모두 4층으로 되었는데 사람은 상층에서 거처하게 되어 방옥房屋이 서로 연이어 있다. 그 밑 3층에는 간가間架가 연달아 있고, 백물百物이 고루 저축되어 있으며 기명器皿이 질서 있게 정돈되어 있어서 무엇을 하든 한 가지도 불편한 점이 없게 되어 있다. 배의 밑바닥에는 두 개의 작은 배가 들어 있다. 그 중의 하나는 곧 호산도에 정박했던 우리들의 배다. 배의 바닥에는 물을 넣어두어서 작은 배가 뜨도록 되어 있으며, 또 널판문이 달려 있어 바다와 통하게 되어 있다. 그런데 그 널판문은 반은 물 속에 빠져 있고, 반은 물결 밖에 나와 있다. 열고 닫게 된 것은 작은 배를 내보내고 들이도록 하기 위해서 그렇게 한 것이다. 널판문을 열

고 닫고 할 때, 바닷물이 그 문을 통하여 배 밑바닥으로 들어와서는 목통木桶 속을 거쳐 배 바깥으로 흘러내리는데 그 광경이 마치 높이 내리 떨어지는 폭포 같다. 목통은 길이가 두 길 남짓하고, 원경圓經이 한 아름은 되겠는데 밑이 굵고 위가 가늘어 마치 나팔 모양 같다. 통 속은 뚫려 있고 바깥은 곧다. 밑에는 쌍고리가 달렸는데 그 쌍고리를 잡고 좌우로 돌리며 단가短歌의 소리를 읊으면, 배 바닥에 있던 물이 모두 목통 속을 거쳐서 배 바깥으로 흘러나온다. 그 밖의 장치들도 모두 극히 기교하게 만들어져 있으나, 그 규거規矩를 알 수 없는 것이 있다. 그들은 상세히 구경하고 살펴보는 것을 허가하지 않았다. 곧 나를 끌고 층층다리를 밟고 올라간다. 2층을 오르니 벌써 배의 상층이다. 하나 밑과 하나 위인데도 그 길은 이렇게 사뭇 다르다.

탐라의 한라산 서남쪽에 석봉石峯이 있는데 몹시 높아서 그 봉우리를 오르는 사람은 등나무를 휘어잡고 나뭇가지를 붙들며 원숭이처럼 몇백 걸음 올라가야 하는데 거기에 석굴石窟이 있다. 아늑하게 틔어 있는데 주위는 석벽石壁으로 삥 둘려 있어 그 자체가 스스로 하나의 석실石室을 이룬다. 이것을 이름 붙여 산방山房이라 한다. 그 가운데는 돌부처가 하나 있는데, 얼마나 오래되었는지 모를만치 창연한 고색古色을 띠고 있다. 또한 목기木

器가 있는데 그 모양과 길이는 마치 술통과 같다. 그 속에 물이 가득 차 있다. 굴 위쪽으로 고개를 들어보면 물이 있어, 틈틈이 새어나오는 물이 방울방울 떨어져 통속에 담긴다. 쉬지 않고 방울져 떨어지나 물은 넘쳐나는 일이 없다. 사람들이 많이 올라와서 두 손으로 움켜쥐고 마시고 또 마셔도 그렇다고 물이 축나는 법도 없으니 어찌 이상하지 않으리요.

내가 무자(戊子:영조 44년, 1768년)년 봄에 이 봉우리에 올라와서 통의 크기를 보았다. 열아홉 말의 물이 담길 것 같은데 여기엔 물이 항상 가득 차 있어서 한 구기만 더 보내도 선연 넘쳐날 것 같았다. 그러나 물을 한 말이나 몇 주발이 될 만치 움켜쥐어 내어도 역시 물은 조금도 줄지 않았다. 나는 이것이 대체 어찌된 이치인가를 몰라 했다. 안남선安南船에 있는 수기水器와 더불어 모두 상리常理에 벗어나는 일이므로 여기에 부언附言해 둔다.

오후가 되니 서남풍이 크게 일어난다. 파도는 산더미처럼 밀려든다. 그러나 그들은 하나도 어려워하는 기색이 없다. 백포白布로 된 돛을 높이 펴니, 배는 나는 듯이 달린다. 배는 밤새껏 가고 있다.

초나흘, 흐리다

저녁때가 되어가니 바람도 차차 잠잠해진다. 안개 기

운이 사방을 가린다. 안남 사람 방유립方有立이 글을 써서 나에게 묻는다.

"당신 나라 사람들이 향사도香瀉島에 떨어져 지금 그 자손들이 번성하여 대대로 그 섬에 살고 있는 사실을 아오, 모르오?"

"나는 모르는 일이오. 좀 자세히 듣고 싶소."

하고 대답하니, 방유립이 다음과 같이 그 내력을 말해 준다.

"청려국菁黎國의 향사도는 광동廣東의 남해 밖에 있지요. 청나라 세상을 피해 명나라 사람들이 많이 이곳에 들어와서 살고 있소. 옛날 내가 바다에 떠돌아다니다가 이 섬에 닿게 되었는데, 섬에는 조선촌朝鮮村이 있습디다. 그 마을에 김대곤金大坤이란 사람이 있었는데, 그는 동리에서 명망이 있었지요. 그때 대곤이 하는 이야기가 우리가 여기 산 지도 벌써 4세四世가 되오. 내 조상은 원래 조선 사람인데 옛날 청나라에 포로로 잡혀 남경南京에 가게 되었지요. 그때 명나라 사람들을 따라 세상을 피해 이 섬에 살면서 집을 짓고, 아내를 맞아들여 자손들을 낳아 길러 이로 해서 향사도 사람이 되었지요, 합디다. 또 그곳에 사는 사람들은 대곤의 조상을 칭찬하기를 의기醫技에 정통하여 능히 인심을 얻을 만하였고 또 집안 살림도 넉넉하고 후손들도 번성하게 되었다 하더군요. 그러나 높은 산에다 대臺를 쌓아서 멀리 고국故國을 바라보고는 슬피 울었기 때문에 뒷사람들이 그 대臺를 이름지어 망향대望鄕臺라 한답디다.”

그래서 나는 또 물었다.

“향사도에서 남경까지는 몇 리나 되며 안남에서 향사도까지는 몇 리나 되는지요.”

하니 그는 무어라고 대답했다(그러나 그때 문답問答하던 글을 청산도靑山島 근처의 바다에서 잃어버렸기 때문에 뒤에 추가하여 적으면서 대강을 짐작하여 알 뿐이니, 여기 적을 수 없는 것이 많다. 통탄할 일이다).

임준·진중·호당 등이 글로써 우리나라의 풍속·인물·의관衣冠 및 산천·지방을 묻는다. 나는 글을 써서 대답했다.

“우리나라는 기자箕子가 남긴 문화를 이어받고, 신라·고려의 퇴폐한 풍조를 응징하며, 유술儒術을 숭상하고 이학異學을 배척하고 있습니다. 나라에선 예악禮樂과 형정刑政으로써 백성들을 다스리며, 백성들은 효제孝悌·충신忠信을 행동의 근본으로 삼지요. 이렇게 4백년(여기서는 이씨조선 건국에서부터 영조년간까지 이름) 동안 배양한 나머지 인재人才가 부쩍 많아져서 문장이나 도덕으로 이름 높은 선비들은 일일이 그 이름을 적을 수 없을 만치 많지요. 그리고 세상을 다스려 이끌고, 어려운 때를 당하여 나라를 건져낸 사람들이 대를 이어 끊어지지 않습니다. 의관 문물衣冠文物로 말하자면, 은殷·주周의 구제舊制를 본받고 황명의 문장을 집성集成하였지요. 산은 일만 이천봉이나 되는 금강산이 있고, 또 삼포三浦와 오강五江이 있어 요새要塞를 이루고 있으며, 지방은 몇천 리가 되는지 모를 정도입니다. 대략 이러한데, 묻는 말씀에 대해서 다 알고 있지는 못합니다. 귀국貴國의 산천·풍토·의관 문물에 대해서 이야기를 좀 들을 수가 있겠습니까?"

전증 등이 내가 쓴 글을 여러 사람에게 돌려 보이면서 서로 떠들어대기를 마지않는다. 그러나 내가 묻는 데 대해서는 대답할 의사가 없는 모양이다. 혹시 덕화德化가 미치지 못함을 부끄러워해서 그런지, 감히 나에게 과장하려 들지 않는다. 이로부터는 그네들이 나에게 글로써 물을 때마다 '이국爾國'이라 하지 않고, 반드시 '귀국貴國'이라 칭하며, '이문爾們'이라 하지 않고 '상공相公'이라 한다. 아아, 우리나라가 예禮로써 나라의 근본을 삼으니, 천하가 다 이를 흠모한다. 내가 비천함에도 불구하고 오히려 미개한 종족들에게서 존경을 받으니 서(書:《서경》이 아니라 《시경》임)에 씌어 있지 않느냐. 백성들이 상도常道를 지킴이여. 아름다운 덕德이로다, 라고. 믿을 진저, 이 말이 거짓이 아니었음을.

초닷새, 맑다

해가 뜰 무렵, 큰 산이 보인다. 동북쪽에 있다. 바로 한라산이다. 보기엔 먼 것 같지 않지만 한라산은 가까이 있는 것이 아니다. 대저 하늘에 비올 기색이 있으면 바다 위에 보이는 먼 산도 모두 가까운 데 있는 것처럼 보이기 때문이다. 우리 표류하던 일행은 문득 한라산을 가까이 눈앞에 보고는 기쁨이 지나쳐 저도 모르게 목을 놓아 호곡한다.

"슬프다. 부모님이 저 산봉우리에 올라가보셨겠지. 처자妻子들이 저 산에 올라가 기다렸겠지."

혹은 일어나 한라산을 보고 절하며 축원한다.

"백록선자白鹿仙子님, 살려주소. 살려주소. 선마선파詵摩仙婆님, 살려주소. 살려주소."

대저 탐라 사람에게는 세간에서 전하기를 선옹仙翁이 흰 사슴을 타고 한라산 위에서 놀았다 하고, 또한 아득한 옛날에 선마고詵摩姑가 걸어서 서해西海를 건너와서 한라산에서 놀았다는 전설이 있다. 그러므로 이제 선마선파와 백록선자에게 살려달라 빌어도 아무 소용이 없을 것은 당연하다. 나 역시 한라산을 바라보게 되니, 슬픔과 기쁨이 가슴에 가득 차서 어쩔 줄을 모르겠다. 일행이 모두 나를 보고,

"만약 우리 배를 타고 곧바로 탐라로 달린다면, 한 밤

이면 닿게 될 것입니다. 만약 이 기회를 놓치면 언제 고향에 돌아가게 될지 모르지 않습니까. 그렇게 되면 처자들은 무슨 죄가 있어 그 고생을 하게 되며, 또 부모들 마음도 오죽 상하겠습니까?"
하고 말한다. 나는,

"나만 홀로 그러한 정리情理가 없겠느냐. 그러나 어찌 너희들은 팔을 분지르고도 고치지 않겠느냐. 호랑이에게 상하고도 밤을 경계하지 않겠느냐."

말을 미처 마치기도 전에 그네들은 우리 일행의 울부짖는 광경을 보고 임준이가 글로써 그 까닭을 묻는다. 그래서 나는,

"저기 동북쪽에 보이는 큰 산이 바로 탐라국의 대산大山이지요. 우리들은 모두 탐라 사람입니다. 고향의 산이 근처에 있으므로 기쁨과 슬픔이 서로 얽혀 이렇게 어쩔 줄을 모르지요"
하고 대답했다. 가만히 보니, 임준과 그네들 사이에 무슨 이야기인지 오고가고 하는데 통 알아들을 수가 없다.

이윽고 서로 떠들썩하게 지껄이더니 싸움이라도 벌어질 판이다. 원건을 쓴 임준 등 수십여 인은 한쪽 구석에 둘러서 있고, 머리를 깎은 사람 80인도 역시 나누어져, 한구석에 둘러서서 고래고래 소리를 지르며 성난 눈초리로 으르렁대며, 임준 등을 향하여 싸움이라도 할

것 같은 기세다. 그러나 임준 등은 모두 천천히 말하며 달래는 기색이 보인다. 이렇게 서로 버티고 있은 지 한 나절이 되었는데도 그 연고를 알 수 없다. 저녁때가 되어서 임준이 글로써 그 까닭을 일러준다.

"옛날 탐라왕이 안남 세자를 죽였으므로, 안남 사람들이 상공에 탐라인임을 알고 모두 칼로써 배를 잘라 나라의 원수를 갚으려 하는 것을 우리들이 만방萬方으로 달래서 근근이 그 마음을 돌렸습니다. 그러나 원수끼리 같은 배를 타고 바다를 건너기는 옳지 않으니, 상공은 마땅히 이로부터 길을 나누어 가는 것이 좋겠습니다"

한다. 대저 세상에 전하기는 옛날에 제주 목사가 유구 태자를 죽였다고 하였는데, 실은 유구가 아니라 곧 안남 세자安南世子임을 알겠다.

임준 등은 우리 배를 급히 내주며 스물아홉 사람을 갈라 실어 물결 위로 띄워 보내고는 길을 나눠 가버린다. 마치 날 저문 길에서 어미 잃은 아이처럼 어디로 가야 할지를 모르겠다. 오후에는 바람이 약해서 배가 가지 못한다. 밤이 되니, 바람이 급히 불어 배는 몹시 빨리 달린다. 그러나 어디로 가고 있는지를 알지 못하겠다.

초엿새, 바람 불다 비 오다 한다

해뜰 무렵에 보니 배는 한라산의 서북쪽에 와 있는데, 남풍에 몰리어 흑산도黑山島의 큰 바다를 향하여 떠내려가고 있다. 오시午時에 비가 내린다. 완악한 구름이 하늘에 가득 차다. 서남풍이 불다가 멎었다가 한다. 배에는 돛대가 없어 뜻대로 나아갈 수가 없다. 이윽고 바람의 방향이 바뀌어 서풍이 분다. 배는 문득 동쪽을 향하여 가고 있다. 황혼이 깃들 무렵, 배는 노어도鷺魚島의 서북쪽에 닿았다. 이는 바로 처음 폭풍을 만나 표류하던 곳이다. 저문 뒤에 서북풍이 크게 일어난다. 비와 눈이 번갈아 내린다. 큰 물결이 하늘을 찌를 듯이 솟구치고, 회오리바람은 바다를 체질하듯 까불어댄다. 뱃사람들은 모두 울부짖으며 죽음을 기다릴 지경이다. 사공이 울면서 나에게,

"일은 이제 가망 없게 되었습니다. 원컨대 속장(束裝: 행장을 갖추어 차림)이나 하고 기다리시지요"

한다. 이른바 속장이라 하는 것은 몸을 얽어매고 머리와 얼굴을 덮어싸는 것을 말하는데, 마치 사람이 죽은 뒤에 염습殮襲하는 것과 같다. 대저 이렇게 하는 것은 죽은 뒤에 머리와 얼굴에 심한 상처를 입지 않도록 하기 위함이다. 사공을 보니, 그는 휘항揮項으로써 자기 머리를 싸고 새끼줄을 끌어당겨서는 그것을 얽는다. 연방

울며 얽어매며 한다. 그는 죽을 차비를 갖추고 있는 것이다. 사람들은 사공이 이렇게 하는 것을 보고는 한층 더 놀라 울음 소리가 한꺼번에 터져나온다. 다시는 살아날 가망이 없다는 것이다. 나는 사공에게

"호산도에 있을 때에 점占을 치니, 먼저 흉凶하고 뒤에 길吉할 괘卦가 나왔었지. 이제 또 남은 액운이 아직 다스려지지도 않았는데 다시 사지死地에 들었으니, 연후에 살아날 길을 얻을 수 있을 것이다. 너는 어찌 스스로 살 희망을 버리고 이렇게 미리 서두느냐"
말했다. 그랬더니 사공이 울면서 대답한다.

"제가 해로海路에 대해서는 익숙히 알고 있습니다. 노도의 북쪽은 모두 난서亂嶼·험안險岸입니다. 바람이 불지 않는 날도 배가 혹시 그 속에서 부서져 빠지는 것은 그곳의 바윗돌이 마치 칼날 같고 파도가 몹시 험악하기 때문입니다. 이제 바람은 미친 듯이 불어 바다를 뒤집고 성난 파도는 하늘에 솟구치는데, 배는 또한 바로 그 파선되기 쉬운 곳에 들어와 있으니 어떻게 죽지 않을 도리가 있겠습니까."

이 말을 들으니, 놀란 혼魂은 걷잡을 수 없이 달아나고, 마음마저 가다듬을 수 없다. 울고 싶으나 소리가 나오지 않는다. 이어서 몇 웅큼 피를 토하고는 까무러쳐 정신을 잃고 말았다. 이미 나는 저승으로 가는 사람이

나 다름이 없었다.

제주 사람 김진룡과 김만석은 나와 같은 동리에 살던 사람으로, 일찍이 기축己丑년 가을에 바다에 빠져 죽었다. 내가 까무러쳐 누워 있던 중, 두 사람이 앞에 와 있음을 보았다. 진룡은 나에게 말하기를,

"쓰고 계신 탕건宕巾, 저에게 주실 수 없습니까?"

하고, 또 만석은 말하기를,

"만약 먹을 것을 저에게 주시면, 마땅히 집개執盖하여 배행陪行하겠습니다"

한다. 이는 만석이가 살았을 때에는 집개執盖하는 것으로써 역役을 섰고, 진룡이 살았을 때에는 천홀千惚을 맡고 있었기 때문이다. 그 밖에도 별별 괴상한 도깨비 형상들이 모두 눈에 어른거린다. 이때 정신은 멍멍하고 몸은 유명간幽明間에 놓여 있었다. 비몽사몽간非夢似夢間에 또한 한 미녀美女가 소복을 입고 나에게 먹을 것을 갖다 준다. 나는 곧 눈을 떠보려 힘썼다. 위에 보였던 것은 모두 정신이 어지러워서 가물가물할 때에 일어났던 일이다.

나는 혼자 생각해보았다. 서생書生이 벌써 일산日傘을 쓰고 다닐 리가 없는 터이고, 또 탕건宕巾도 쓰지 않았다. 그런데도 진룡·만석의 탕건과 집개 이야기는 대체 어떻게 해서 생각나게 되었을까.

이러고 있는데 문득 무엇이 물결을 따라 선판船板에 부딪히는 것처럼 들린다. 대저 배에 소용되는 것으로는 키의 역할이 크다. 배에 만약 키가 없다면 마치 사람에게 다리가 없는 것과 같아서 한 걸음도 나아갈 수 없을 것이며, 또한 기울어 뒤집혀지기 쉽다. 그러기 때문에 사공은 반드시 밤낮을 가리지 않고 키를 잡고 있어야지 놓아서는 안 된다. 그런데도 지금 사공은 아무래도 죽게 될 것이라고 키를 놓고 울기만 하므로, 킷자루는 제멋대로 시끄럽게 선판을 부서져라 하고 탁탁 치고 있는 것이다. 이렇게 되면 선판이 부서질 것은 뻔한 노릇이다. 나는 뱃사람들에게 명령하여 키를 붙들어 부서지지 않도록 하게 했다. 그래서 김복삼·이득춘 두 사람이 엉금엉금 뱃머리로 기어가서 키를 구하려고 하였다. 그러나 사납게 불어오는 바람에 휩쓸려 물에 떨어져 죽고 말았다.

이때부터 뱃사람들은 모두 선복船腹에 버티고 누워서는 몇 번이고 울부짖기만 할 뿐, 일어나서 배를 구해볼 생각은 염두에도 두지 않는다. 그때 갑자기 선판이 부서지는 소리가 바다를 뒤흔든다. 뱃사람들은 모두 넋을 잃고 슬피 부르짖고 있다.

"배는 이미 부서졌네. 속절없이 죽었구나."

마침내 서로 형아, 아우야, 아저씨야, 조카야 부르는

소리 낭자하다. 대저 뱃사람들은 형제兄弟·숙질叔姪이 많이 같은 배 속에 있었기 때문에 죽음이 눈앞에 다다르자 서로 부르며 찾는다. 사람마다 이렇게 가까운 사람끼리 모이는 것은 죽은 뒤에 혼백이나마 서로 떨어지지 않고 의지하고 싶기 때문이다. 김서일이가 소리를 지르며 와락 나를 껴안고는 울면서 말한다.

"아무리 보아야 바다와 하늘뿐인데, 이 고혼孤魂 그대를 버리고 누구를 의지하겠소. 원컨대 죽은 뒤에 혼백이라도 서로 의지하여 떨어지지 맙시다."

내 심신心神은 수습할 수 없이 뿔뿔이 흩어져 달아난 데다, 오장五臟은 갈갈이 찢어져 어찌할 바를 모르겠다. 드디어 새끼줄을 풀어 온몸을 얽어매고 또 서일과 같이 두 몸을 같은 새끼줄로 연결하였다. 전전긍긍하며 천명天命을 다하기만 기다릴 뿐이다. 시간이 한참 흘러갔으나 배는 침몰하지 않는다. 나는 급히 큰소리로 물었다.

"물이 배 안에 얼마나 새어들었나?"

이러고 있을 때 배에 탄 사람들은 그런 것에 정신을 쓸 겨를도 없는지 아무리 불러보아야 거기에 대해서 응답이 없다. 한참 만에 어떤 사람이,

"뱃바닥에 고인 물이 아적은 대단치 않습니다"

하고 대답한다. 그래서 나는 큰소리로,

"그렇다면 선판船板이 부서진 게 아니다. 너희들은 어

떻게 하겠나?”
하고 외쳤다. 이 말에 뱃사람들은 울음을 그치고 놀란 얼굴로 묻는다.
“그 말이 정말입니까? 그 말이 정말입니까?”
그리고는 다같이 자세히 살펴보고,
“선판이 비록 반쯤 부러졌으나, 아직 다 부서지진 않았군요.”
한다. 킷자루를 움직이는 막대기와 뱃머리의 삼판杉板이 꺾여져 있다.
“키에 달린 나무가 힘껏 부딪히니 선판이 부서져 꺾일 것은 당연하다. 이제 보니 배의 밑바닥 널판은 다행히 부러지지 않았다. 이는 하늘이 우리를 살리려는 거다. 너희들은 놀라 겁내지 말고 부지런히 물을 퍼내기나 해라”
타이르고, 이어서 나는 짐짓 점占을 쳐 본 것처럼 하고는,
“해시亥時에 응당 살길이 있으려니 걱정 말라. 걱정할 것 없다”
하고 용기를 북돋우기도 했다. 이러니 뱃사람들은 이 말을 듣고 기뻐하며 모두 내 명령을 좇아 일을 한다. 이때 비바람이 몹시 몰아치니 파도는 산더미처럼 밀려 들고 배는 정처 없이 떠가며 파도를 따라 떠올랐다 내려

갔다 하면서 점점 위험한 지경에 빠져든다. 아무리 봐도 살길은 끊어진 것 같다.

이런 가운데서도 강진 선인康津船人 김칠백이란 사람은 조금 정신을 차리고, 별로 놀라거나 겁내지 않기에 나는 칠백에게 명하여 배가 어디로 가고 있는지 잘 살펴보라 하였다. 칠백이 갑자기 넋을 잃고 슬피 운다.

"아버지야, 엄마야, 나 죽소. 나 죽어."

이 울음 소리에 뱃사람들도 역시 따라 일제히 울음보를 터뜨린다. 나는 놀라 일어나서 배가 떠가는 쪽을 보니, 한 돌섬이 어렴풋하게 서 있고 돌부리가 미친 듯이 출렁대는 물결 위로 마치 성난 짐승의 이빨처럼 드러나 있다. 배는 지금 그곳으로 다가서고 있다. 눈깜짝할 새에 그 돌섬에 부딪히기만 하면 파선破船할 것은 뻔한 일이었다.

"그대는 능히 헤엄을 칠 줄 아니 놀라 겁내지 말고, 정신을 수습해서 저 돌섬에 부딪혀 파선하면 곧 재빨리 뛰어내려 헤엄을 쳐서 살길을 찾아보오. 나는 죽기를 이미 결심했소"

하며 서일을 보며 말했다. 칠백이가 곁에 있다가 이 말을 듣고는 한다는 말이,

"저것은 곧 모서牟嶼입니다. 제가 저 섬의 형세를 잘 알고 있지요. 사면은 높은 바위로 되어 있고, 석벽石壁은

칼날 같아서 원숭이라도 붙잡고 오를 수 없을 지경입니다. 그리고 사람이라고는 와본 적이 없는 곳이지요. 그러니 헤엄을 쳐서 살 리는 만무합니다.”

이러고 있는데 배는 이미 그 험악한 돌섬의 어구에 들어와 있다. 물결 흐르는 대로 나아갔다 물러섰다 하는데, 되어가는 품이 순식간에 부딪혀 부서질 것 같다. 다행히 하늘의 도움을 받아 바람이 거꾸로 불어 배를 뒤로 물러서게 한다. 배는 잠깐 새에 뒤로 1리—里쯤 되는 곳으로 흘렀다. 겨우 돌섬에 부딪히는 재앙은 면했다. 바람 부는 대로 표류하는 것을 그대로 내버려두는 수밖에 없다. 소안도所安島를 지나서 크고 작은 모도茅島의 사이를 따라 약 20리쯤 가니, 또 한 돌섬이 있었다. 배는 몇 번이고 위험 속에 빠져들었으나 별일 없이 온전하게 벗어났다. 마치 모서에서 위기를 모면한 것과 같다.

이러기를 무릇 네 곳에서 당했으나, 그때마다 번번이 바윗돌에 부딪혀 부서지는 환난을 벗어날 수 있었으니 어찌 천행天幸이 아니리요.

이때 밤은 캄캄하고 풍파는 더욱더 험해진다. 배는 바람 따라 떠내려가고는 있는데, 어디로 가고 있는지는 알 수 없다. 뱃사람들은 내가 해시亥時에는 가히 살 수 있으리라 한 이야기를 들었는지라 자주 밤이 어떻게 되

었느냐고 물었다. 이때에 이르러 모두들,

"지금쯤 해시亥時가 되었을 텐데요. 어떻게 살길이 있겠습니까"

한다. 혹은,

"아직 해시亥時는 못 되었지요"

하기도 하고, 또 어떤 사람은

"점사占辭를 어떻게 다 믿을 수야 있나요"

하며 단념하기도 한다.

이렇게 서로 이야기를 주거니받거니 하고 있는데, 칠백이가 갑자기 놀란 표정으로,

"저기 은연隱然히 큰 산이 보이는데, 어찌 사람 사는 곳이 아니겠습니까?"

한다. 나도 역시 기뻐서 머리를 들고 그곳을 바라보았다. 비바람으로 캄캄해진 하늘 아래 은연히 큰 산이 드러난다. 그러나 대체 그곳이 어느 지방인지는 모르겠다. 사람들은 기뻐 날뛰면서 서로 앞을 다투어 나에게 와서 축하한다.

"점사占辭가 이미 그렇게 나왔고 사람 사는 곳이 또 저기 있으니, 해시亥時에 살길이 있다는 것이 어찌 영험 있는 점占이 아니겠습니까."

대저 그들은 한번 예언해본 것이 우연히 적중한 것은 알지 못하고, 다만 점占이 거짓이 아니라는 것만 믿고

있을 뿐이다. 배는 벌써 산으로 다가서며, 나아갔다 물러섰다 하고 있다. 성난 밀물은 해안을 치고 있고, 은옥銀屋은 하늘을 뒤집는다. 이때 뱃사람들은 모두 어떻게 해서라도 살아보겠다는 생각을 품고, 해안을 바라보고 배의 동켠으로 몰리므로 배는 갑자기 동쪽으로 기우뚱해지며, 차츰 뒤집혀지려 한다. 그래서 나만 홀로 서켠에 있으면서 급히 김서일을 불렀으나 끝내 응답하는 소리가 없다.

사람들이 살기를 꾀하는 것은 모두 헤엄을 칠 줄 알기 때문이다. 그러나 나는 전혀 헤엄칠 줄 몰랐으니 죽을 것은 뻔한 일인데, 각각 자기들만 살아날 생각만 하고 있지 나를 도와줄 생각은 않는다. 서일을 여러 번 불렀으나 응답이 없었던 것도 역시 그러한 까닭에서였다.

이때 나는 넋이 빠져나가고 눈에 불꽃이 이는 것처럼 눈앞이 아찔해진다. 어렴풋이 사람들을 바라보니, 서로 앞을 다투어 배에서 뛰어내려서는 얕은 물을 걸어서 건너는 모습이 보인다.

나는 혼자 생각하기를, 해안이 가까우니 물은 얕을 테지. 그러니 걸어서 건널 수 있겠지. 배가 만약 물결을 따라 뒤로 물러나기만 하면 살기는 다 틀렸다. 그러고 보니 우선 급히 먼저 건너두느니만 같지 못하다. 배의 서켠에서 엉금엉금 기어서 동켠으로 가서는, 그저 마음이 급하기만 한지라 이것저것 생각할 겨를도 없이 배에서 뛰어내렸다. 그랬더니 허리 위로부터 가슴이 물 속에 잠겨 있는 바윗돌 위에 걸린다. 기쁘게도 살길을 얻은 셈이다. 손과 발을 어지럽게 놀려 바윗돌을 움켜쥐고서는 절뚝거리며 50걸음 남짓하게 나가니 해안의 가장자리가 나온다. 이윽고 땅을 밟고 섰다. 산기슭의 석맥石脈이 바다 가운데로 50여 보步 들어가 있어서 나에게 한 가닥 살길을 인도해주었으니 참으로 이상한 일이다.

　마침 그때 배가 뜀질하듯이 왔다갔다하며 잠시도 서 있지 않는다. 그저 마음 내키는 대로 뛰어내린 것이 마침 바윗돌 위에 몸이 걸리는 것도 역시 이상하다 하지 않을 수 없다. 사람이 살고 죽음이 하늘에 매여 있음을 다시 한 번 깨닫게 되었다. 나는 이미 육지에 올라와 언덕에 의지하고 앉았으나 아직도 정신을 차리지 못해 꿈인지 생시인지도 분별할 수 없다. 놀라서 황급히 사방을 돌아보아야 사람의 자취라고는 찾아볼 수 없이 적막할 뿐이다. 보이는 것이라곤 놀란 물결이 해안을 쥐어뜯고 있는 것인데, 그 소리는 천둥이 구르는 듯하고 큰 파도는 길길이 뛰어 하늘로 치솟으니, 그림자는 설산雪山을 뒤집는 것 같다. 이러고 있는데 한 사람이 잠수질을 하면서 물결 사이로 나오고 있다. 옷은 벗겨져 맨살이고 머리털도 다 풀어져 누구인지 분별할 수가 없다.

바닷물에 들어가 잠수질을 하는데 파도는 몰아치고 바다는 질펀하니, 옷은 저절로 벗겨지고 머리털도 저절로 풀어진다. 그 사람은 엉금엉금 기어서는 언덕에 올라와서 번듯이 자빠지고는 움직이지 않는다. 놀라서 넋을 잃은 데다가 완전히 지쳐버렸기 때문이다. 그 즈음 뱃사람들이 파도 사이로 나오는데 앞서거니 뒤서거니 한다. 그런데 모두 같은 형상이다. 이로 보더라도 꼭 죽을 데에서 근근이 살아났음을 가히 알 만하다.

무릇 잠수질을 하여 능히 2~3리도 갈 수 있는 사람들도 이제 50여 보 사이에서 이렇게 된 까닭은 파도가 하도 거세어서 잠수질을 할 수 없도록 억눌러 앞으로 헤어나올 수가 없었기 때문이다.

나는 큰소리로 급히 김서일을 불렀다. 처음에는 응답하는 소리가 없다가 연거푸 쉬지 않고 부르니까 비로소 대답하는 소리가 희미하게 들린다. 그래서 소리나는 곳을 찾아 더듬어 갔더니 서일이 겨우 풍파風波 속에서 벗어나 생사生死를 분간할 수 없을 정도로 거의 다 죽게 되어, 목구멍에서 살려달란 소리만 겨우 새어나온다. 나는 곧 그를 부축해서 나와 서로 언덕을 의지하고 앉았다. 이때 해안가에 번듯이 넋을 잃고 쓰러져 있던 뱃사람들이 비로소 모두 정신을 수습하고 서로 둘러 모여 앉았다. 저승으로 가는 관문을 넘어 비로소 이승에 살아나온 사람들은 모두 바다를 바라보고 통곡한다.

"우리들이 산 것은 모두 잠수질을 할 수 있었기 때문인데, 가련하다. 한 분은 어떻게 할 수 없게 되었으니 차라리 우리들이 모두 죽음만 같지 못하구나. 무슨 면목으로 돌아가 제주 사람들을 대할 수 있으리요."

한 사람이 슬피 울기 시작하니 모두들 따라 운다. 내가 이미 죽은 줄 알고 이러고 있는 것이다. 그때 나도 같이 앉아 있었지만 밤이 어두워 서로 분별할 수 없었기 때문에 그랬을 뿐만 아니라, 그들이 배에서 뛰어내릴 때에 벌써 나는 틀림없이 죽었으리라 생각하고 있었기 때문이다. 내가 산 것을 나 역시 꿈인지 생시인자 분간할 수 없는데, 사람들이 슬피 우는 것을 보니 역시 내가 살았는지 죽었는지 자신도 의심스러워진다. 여기 와 있는 나는 귀신이냐 사람이냐. 사람들에게 미처 서둘러 물어볼 겨를도 없이 나도 모르게 다른 사람들을 따라 슬피 울었다. 어떤 사람이,

"우리들이 이 땅에 와 닿고 죽지 않은 것은 모두 그분이 지휘한 공으로 된 것인데, 우리들은 살고 그분은 죽음을 면치 못했으니 어찌 슬프고 가련하지 않으리요"

한다. 나는 곧 정신을 가다듬고 사람들을 보고 말했다.

"내가 여기 와 있자 않느냐. 너는 어째 내가 죽었다고만 생각하고 산 것은 생각하지 못하느냐."

이 말에 모두들 나를 바라보고서 비로소 내가 온전히 살아 있음을 알고는 내 몸을 얼싸안으며, 넋을 잃고 운다. 이때 사람들의 정의情誼가 두텁기가 이와 같았다.

슬프도다. 선인船人이란 사람들이 져야 하는 역役이다. 배로써 집을 삼고 오랫동안 바다 위에 살게 되는데, 그 맡은 바 역이 몹시 고될 뿐 아니라 하물며 아침에 배가 하나 표류했다 하면 선인은 죽는 것이고, 저녁에 배가 하나 침몰했다 해도 선인이 죽게 된다. 이러므로 선인으로서 죽어서 뼈를 고향의 산에 묻는 일이 드물다.

탐라 사람으로서 그 역을 피하기란 마치 함정이나 그물을 피하기와 같이 어렵다. 만약 죄를 지었다든지, 벌받을 짓을 했다든지, 교화시키기 곤란한 백성은 반드시 선인으로서 역을 지게 하여 사지死地에다 버려두므로 모두들 아무래도 죽는다는 마음을 품게 되어 더욱더 방자하게 나쁜 심보를 가지게 되는 것이다. 사람들은 모두 이를 보고 죽어 마땅하다고들 하지만, 이제 그들의 행동을 보더라도 그 성품이 착하기가 이와 같다.

노도에서 폭풍을 만나기 전에는 과연 나에게 복종하지 않은 사람들이 많았다. 그러나 그것은 그 마음이 악하기 때문이 아니고, 그들의 습관이 그렇도록 한 것이다. 배가 표류하여 죽음이 눈앞에 닥쳤을 때에, 정성어린 마음으로 가여운 생각이 들도록 오직 나를 따르게 된 것은 나에게 무슨 덕德이 있어서 그랬던 것은 아니고, 다만 그 사람들이 지닌 악惡을 교화시킬 수 있었기 때문이다. 사람 성품의 그 근본이 착함은, 죽으려 할 즈음에 착한 말을 하려는 것으로 보아서도 알 것이다.

나는 세상에는 본래부터 그 성품이 악한 사람은 없는 것인데, 만약 선과 악의 차이가 있다면 그것은 자기가 맡은 직책에서 길러지고 버릇된 결과로 해서 달라진다는 사실을 다시 한 번 알게 되었다. 나는 여기에서 맹자孟子의 성선설性善說의 실체를 체득하였다.

사람들이 비로소 내가 죽지 않고 살아 있음을 알고는, 나에게 앞을 다투어 물어본다.

"암석巖石은 높고 깎아 벤 듯하니 배가 부딪혀 부서지기만 하면 사람은 반드시 가루가 되어 죽을 것입니다. 또 풍도風濤는 질펀하게 솟아오르고 배는 제멋대로 떠돌아다니니, 만약 이 산을 놓치게 되면 다시는 살길을 찾을 수 없을 겁니다. 우리는 모두 잠수질을 할 수 있었으므로 배가 해안에 다가섰을 때 곧 물 속에 뛰어들어 잠기기도 하고 헤엄질하기도 하여 죽을 고비를 수없이 넘겨서 겨우 살아날 수 있었습니다. 만약 잠수질을 못했다면 속절없이 고래 밥이 되었겠습지요. 낭자郎子께선 이미 몸도 약질弱質이신 데다가 또 잠수질도 할 수 없으시니 꼭 죽을 수밖에 없지 않겠습니까? 그런데 어찌 우리보다 먼저 해안에 오르실 수 있었습니까?"

나는 내가 살아나온 길을 간략하게 말해주었다. 사람들은 이상한 일이라고 감탄하길 마지않으며,

"우리들이 살아난 것도 역시 죄다 낭자의 덕이군요."

한다. 이때 밤은 이미 깊다. 풍설風雪은 그치지 않는다. 배는 어디에 있는지 알 수 없다. 어디론지 정처없이 떠내려간 모양이다. 처음에 배에 탄 사람은 스물아홉 사람이었는데, 이제 해안에 오른 사람은 겨우 열 사람이다. 그러니 물에 빠져 죽은 사람은 열아홉 명이나 되는 셈이다. 처참한 정리情理는 마치 간장肝腸을 에는 것 같다. 사람들은 다행히 육지에 올라왔다 하나 옷은 젖어 축축하고, 춥고 배고픔이 더욱더 심해지니 살아날 가망이 거의 없다. 이래서 서로 부둥켜안고 큰소리로 부르짖으며 사람이 사는 마을을 찾아서 떠났다. 이때 밤은 칠흑같이 깜깜하여 지척咫尺을 가릴 수가 없다. 나도 사람들의 뒤를 따라 벽을 부여잡고, 낭떠러지를 붙들며 줄줄이 올라갔다. 높은 언덕을 다 올라가서 미처 평원平原을 밟고 서기 전에 다리가 미끄러져 언덕 아래로 굴러 떨어지고 말았다.

안벽岸壁의 높이는 몇백 길이 되는데, 그 언덕 아래는 바로 푸른 바다이고 언덕 위가 곧 평평한 육지다. 백 길이나 되는 언덕을 다 올라와서 만 길이나 되는 바다쪽

으로 떨어졌으니 아무 도리 없이 바다에 떨어져 죽을 수밖에 없다. 그런데 언덕 아래 한 길 남짓한 땅에 바위가 여러 층 튀어나와 언덕을 이루고 있어 마치 달아맨 선반 같다. 나는 요행히 여기에 굴러 떨어짐을 면하게 되었으니, 이곳은 바로 죽음 속에서 삶을 얻은 것이나 다름이 없다.

한참 만에 놀란 혼을 가다듬고 높은 언덕을 부여잡고 올라가서 평탄한 땅에 나왔다. 이때 앞서가던 사람들은 벌써 멀리 가버려 종적을 찾을 수가 없다. 사람들이 어찌할 바를 몰라 급히 언덕 위로 오르는데 하늘은 먹장 같고 밤은 어두워 서로 얼굴을 분간할 수 없고, 또 심산이 가물가물하여 생각들이 뒤죽박죽이어서 내가 낭떠러지에서 떨어지는 것을 알지 못하고, 다만 인가人家를 찾아서 가버린 것이다.

나는 곧 곪아서 퉁퉁 부은 다리를 손으로 붙잡고는 수없이 넘어지면서 밭두덕이나 산비탈을 절뚝거리며 넘기도 하고 혹은 젖은 땅에 떨어지기도 하고 높은 땅에 부딪히기도 하였는데, 길을 분별할 수가 없고 어디로 가야 할지도 모르겠다.

마침내 큰소리로 뱃사람들을 불러보았다. 그랬더니 마치 응답하는 목소리가 들리는 것 같고, 또 횃불 하나가 명멸明滅하며 반짝거리면서 앞에 보이는 숲 밖에서

왔다갔다하고 있는 것 같다. 나는 뱃사람들이 횃불을 들고 기다리고 있는 것이라 생각했다. 그래서 불을 바라보고 앞으로 갔다. 엎어지고 자빠지며 걸어가기 10리나 되었을까, 불빛이 붉고 푸르러지는가 싶더니 문득 꺼져버리고 만다. 사방을 돌아보아야 황량한 들판일 뿐, 사람의 자취라곤 씻은 듯이 없다. 나는 비로소 귀화鬼火에 끌려다녔음을 알았다. 나는 꼼짝달싹도 할 수 없어 언덕을 의지해서 앉았다. 날이 새어 하늘이 밝아지기만 기다리려 하니, 찬바람은 뼈를 쑤시듯 온몸을 감아들고 냉기冷氣는 마음속에 가득 찬다. 이러다간 아무래도 길바닥의 시체로 나뒹굴 것 같다. 한참 이러고 있는데, 문득 산 너머에서 개 짖는 소리가 은은히 들려온다. 사람 사는 마을이 머지않은 데 있음을 알겠다. 나는 개 짖는 소리를 따라 앞으로 나아갔다. 능곡陵谷을 곧장 넘어가니 한 동네의 어귀에 이르게 되었다. 그랬더니 과연 사공 이창성이 섬사람 10여 명을 거느리고 횃불을 앞세워 이리로 오고 있다. 내 있는 곳을 찾을 심산이었던 것이다. 나를 동네 어귀에서 만나자 크게 기뻐하며 떠들어댄다. 그들은 섬사람에게 시켜 나를 업고 돌아와서 불을 지펴 쬐게 하고, 죽을 쑤어서 먹게 하며, 젖고 더러워진 옷을 벗겨서 새 옷을 갈아입게 하고, 온돌에다 불을 넣어 거처하게 한다.

이곳은 곧 청산도青山島다. 내가 든 집의 주인은 박중무朴重茂란 사람이다. 해안가에서 이 마을까지의 거리는 거의 10리나 된다. 언덕에서 떨어진 뒤에 뱃사람들의 간 곳을 잃어버렸는데, 만약 귀화鬼火가 길을 이끌어주지 않았던들 틀림없이 광막한 들판을 돌아다니다가 언덕과 골짜기 사이에서 얼어죽었을 것이다.

해안에 올라왔을 때에는 배에 탄 사람들로서 살아남은 사람은 그래도 열 사람은 되었는데 여기에 도착한 사람은 여덟 사람뿐이다. 그러니 언덕에서 떨어져 죽은 사람만도 두 사람이나 된다.

나는 곧 숨이 막혀 엎어졌다. 마치 어지러운 꿈에서 깨어나지 못한 것 같다. 놀란 혼도 아직 가라앉지 못하고 있다. 마침 온몸이 떨리고 저려오는 증세가 일어나면서 사지四肢가 오무라들고, 온 뼈마디가 쑤시기 시작한다.

초이레, 바람

대낮이 가까워져서야 비로소 의식이 들더니, 점점 잠에서 깨어나 정신을 차리게 되었다. 섬사람들이 모두 찾아와서는 온갖 죽을 고생을 다하고 간신히 살아 나온 놀란 마음을 위로해준다. 이 섬에 사는 김만련金萬鍊·김하택金夏澤·곽순창郭順昌 등이 밤낮을 가리지 않고 와서는 부지런히 돌보아주었다. 같은 배에 탔던 사람을 점검點檢하니, 이창성·유창도·김순기·김칠백·김재완·양윤하 그리고 나와 김서일 여덟 사람은 이승으로 살아 돌아왔으며, 그 나머지 강재유 등 스물한 사람은 이미 저승 사람이 되었다. 뱃사람들이 해변에 가서 박항원·이도원 두 사람의 시체가 언덕 아래 돌부리 위에 걸려 있음을 찾았다. 그런데 그 시체는 머리와 배가 부서지고 찢어져 있으며, 몸뚱아리만 있을 뿐 팔과 다리는 떨어져나가 하나도 없다. 어젯밤 언덕을 기어오르다 떨어져 죽은 것이다. 섬사람들에게 부탁하여 시체를 거두어서 들에다 장사지내게 하였다.

나는 해서海嶼에 떨어져서 앞가슴이 결리고 왼팔은 뼈가 상해서 아파 견딜 수가 없다. 섬사람 김만련이가 보릿가루·초찌꺼기〔醋糟〕·치자나무 열매의 세 가지를 달걀 노른자로써 섞어 떡 모양으로 반죽하여 그것을 상처에다 붙여보라고 일러준다. 그대로 하여 밤을 지냈더니 효험이 있다. 다행한 일이다.

초여드레, 맑다

이 섬은 바다 가운데 있는데 신지도진新智島鎭에 예속되어 있다. 북으로 본진本鎭과의 거리는 수로水路로 100여 리가 되며, 서남쪽으로 탐라耽羅와의 거리는 700리가 된다. 섬의 넓이는 30리이며, 이 섬에 있는 민가民家는 몇백 집에 달한다. 산은 민둥산이어서 짐승이 없고, 들판은 맑아서 꿩이 없다. 그러나 논은 아주 비옥하고 해산물 역시 풍부하다. 부유한 사람은 바다에만 의존하고 있다. 여기서 나는 초석草席은 몹시 아름답다. 민속民俗 같은 것은 어떤지 분명하지 않다. 초옥草屋이 즐비하게 늘어서 있으며 남자가 적은 데 비해 여자의 수가 더 많다. 고깃배들은 쉴새없이 드나드는데, 아침에 나갔다가 저녁에 돌아온다. 이 섬엔 둔장屯長 한 사람, 검찰檢察 한 사람이 있어서 이들이 이 섬을 맡아 다스리는데, 그 규모는 마치 향리鄕里에서 볼 수 있는 풍헌風憲·약정約正과 같다.

섬사람들이 우리 여덟 사람의 조석朝夕을 갖다 주는데, 차례를 따라 갖다 준다. 이런 일은 하나같이 둔장의 지휘에 의해서 처리되고 있다.

초아흐레, 맑다

나는 둔장에게 부탁해서 아침밥 스물한 상을 차려서 바닷가 언덕머리에 벌여놓고, 바다쪽으로 각자의 지방紙榜을 만들어서 물에 빠져 죽은 스물한 사람의 혼을 제사지내었다.

그 제문祭文은 다음과 같다.

오호, 슬프도다. 사람의 마음으로서 죽음보다 더한 슬픔이 없으며, 삶보다 더한 즐거움은 없다. 그러나 나는 살았음을 즐거워할 수 없으니, 그것은 너희의 죽음을 깊이 슬퍼하기 때문이다. 오호. 고금古今의 유구한 세월 속에 같은 세대에 태어났으며, 하늘과 땅이 넓고 넓은데 같은 한 동네에 살았으니, 비록 어림과 어른의 다름이 있고 신분의 높고 낮음이 있다손 치더라도, 맺어진 인연으로 해서 본다면 그 정情은 바로 형제와 다름 없고 그 의誼로 말하면 동포同胞와 같다할 것이다. 하물며 만리풍도萬里風濤에 외로이 떠다니던 배는 언제 가라앉을지 모르고, 한 가닥 생명은 아침 이슬과 같이 간들거리고 있었으니, 내가 살면 네가 살고 네가 죽으면 나도 또한 죽어야 마땅할 것이다. 그러나 너희들이 바다에서 폭풍에 휩쓸려 날려가도 만류하지 못했고, 해안 근처에서 물에 떨어져 빠졌는데도 살려내지 못했으며 깎아지른 절벽에서 발을 헛짚어 바다로 떨어졌는데도 구해내지 못했다.

오호. 슬프구나. 다같이 죽을 고비를 넘나들 때에 그 정情이 두텁지 않음이 없었는데, 오늘 이와 같이 사생死生을 달리하였으니, 이는 어찌 사람들이 마음대로 할 수 있는 일이리요. 부디 슬퍼하지 말라. 집에서 늙은 부모들이 문에 기대 너희들이 돌아오지 않음을 근심함은 하늘이 그렇게 만든 것이요, 어복魚腹에 몸을 장사지냄은 옛날에도 역시 있었던 일이니 부디 슬퍼하지 말라. 남편을 잃어 슬피 우는 아내의 마음은 우리가 응당 위로해줄 것이며, 아버지를 잃어 울고 있는 어린 아이들은 응당 우리가 보살펴줄 것이다. 너희는 고향으로 돌아가는 우리의 배를 보호하고, 번거로운 원망일랑 하지 말아다오.

오호. 슬프도다. 야만인이 사는 바다 외로운 섬에서 나를 부축하고 내린 사람은 네가 아니더냐. 귤橘을 가지고 와서 나에게 먹으라고 준 사람은 네가 아니더냐. 조개를 갈라서 구슬을 나에게 바친 사람은 네가 아니더냐. 어찌 오늘 이와 같이 너희는 죽고 내가 살고, 너희는 귀신이 되고 나는 산사람이 되리라 생각하였으리요. 생각이 여기에 미치매, 눈물이 쏟아질 듯이 흐르는구나. 이에 주포酒脯를 차려서 나의 슬픈 마음을 기울인다. 너희는 내가 주는 국 한 그릇을 받아 먹고, 내가 주는 한 잔의 술을 받아 마셔다오. 잔혼殘魂·원백寃魄이여. 도깨비의 세계에 그대로 머물러 있지 말고, 급히 선조先祖의 묘지墓地가 있는 산으로 돌아가서 신도神道를 지켜 고이 잠들라. 그리고 향화香火를 받으라. 오호. 슬프구나.

상향尙饗.

내가 친히 제문祭文을 읽었다. 한 구절 한 구절마다 눈물이 흐르고, 하도 슬퍼 목이 메인다. 또 모두들 소리를 같이하여 울음을 운다.

이때 섬사람들은 이 광경을 보려고 남녀들이 모여들

어 벅적거렸는데, 눈물을 머금지 않는 사람이 없다.

이날 나는 해구海口의 형세를 두루 돌아보았다. 험한 해안과 여기에 부딪혀 일어나는 물결, 그 위로 위태롭게 높이 솟은 절벽은 마치 칼날 같다. 거기에 한 가닥 마을로 들어오는 섬의 길이 암벽의 사이로 꼬불꼬불 연이어 있다.

그날 밤 부여잡고 오르던 곳이 바로 이 길이었다. 그런데 이 길은 어찌나 험난한지 한 발자국도 허술히 내디딜 수가 없을 정도다. 이리저리 꼬부라져 험하기 짝이 없는 길이란 바로 이를 두고 하는 말이겠다. 나는 내가 뛰어내렸던 곳인 석서石嶼의 모습을 찾아보려 했으나 찾지 못했다. 그곳 사람에게 물었더니,

"그 석서는 그대로 있습니다만 지금은 밀물이 들어와 있어 속물에 잠겨 보이지 않습니다. 썰물이 나가면 저절로 드러납니다"

한다. 바닷물은 밀물 때가 되면 해안쪽으로 물이 밀려와서 가득 차게 되고, 썰물 때는 물이 빠져 줄어들므로 석서가 밀물·썰물에 따라 잠겼다 드러났다 할 것은 이치에 꼭 맞는 말이다. 저녁때가 되어 썰물이 빠지고 나서 가보니, 과연 석서가 보인다. 그 길이는 100걸음 남짓한데, 육지에 연결되어 있으면서 바닷속으로 들어가 있어 바닷속에 한 가닥 돌길을 이루고 있다. 그곳을 보

니 눈앞이 아찔해지며 놀란 혼은 아직도 두근거리고 있다.

여기저기 돌아보니, 총사(叢祠:잡신을 제사지내는 사당) 하나가 서쪽 바위 위에 자리잡고 있는데, 나무는 늙고 돌은 고색이 완연하다. 여기에서 새와 갈가마귀들이 떼를 지어 지저귀고 있다. 곽순창이 나에게,

"저것은 바로 용왕당龍王堂입니다. 사람들이 모두 저기 가서 빌면, 곧 영응靈應이 있습니다. 손님께서 오늘 이와 같이 생명을 보존하고 계신 것은 용신龍神이 가만히 그렇게 한 것인지 모릅니다. 그러니 저 사당에 가서 정성을 다해서 헌배獻拜하는 것이 좋겠습니다"

한다. 그래서 나는,

"이미 귀신은 겉으로 공경하는 체하면서 속으로는 멀리 하라 한 말(《논어》에 '敬鬼神而遠志' 하란 말이 나옴)이 있는데, 어찌 내가 아첨하여 가서 절해야 되겠느냐"

하고 갈 뜻이 없음을 말하자 사람들이,

"저기까지 가기가 그리 멀지 않습니다. 가서 슬슬 구경이나 하시지요"

하면서, 마침내 나를 이끌어 묘문廟門에 이르렀다. 당堂 위에는 앉아 있는 석불石佛 하나가 보인다. 사당은 그윽하고 깊숙하며, 수림樹林은 울창하여 하늘을 가려 어둠침침하다. 두메 여자들이 사당의 뜰에 모여서 제사를

차렸다가 막 거두려는 판이다. 그때 마침 어떤 할멈이
나를 맞으며,

 "낭자께선 멀리서 온 손님인데, 나에게 술이 있는 이
상 어찌 손님을 대접하는 예의가 없을 수 있겠습니까"
하며 나를 맞아서 사당 아래 앉게 하고는, 소복素服한 미
녀美女에게 시켜 나에게 먹을 것을 올리게 하며, 술 항아
리를 기울여서 또한 술마시기를 권하게 한다. 이로 보
아 이 섬의 풍속에는 예절이 없음을 알겠으나, 한편 그
순후淳厚한 풍습에는 취할 만한 것이 있기도 하다.

 그러나 내 행색行色이 흡사 초라하기 짝이 없는 거지
같아서, 부끄러운 마음 이를 데 없다. 옷을 떨치고 돌아
가려 했으나 섬사람들의 강권強勸에 이기지 못하고, 또
그 할멈의 정성어린 대접에 감동되어 억지로 술 한 잔
을 들이켰다. 이곳의 습속에 따르는 결과가 되었다. 나
는 처음으로 소복한 여인을 보았다. 마음이 몹시 즐겁
다. 정을 담뿍 담고 넌지시 눈을 돌려 살펴보니, 마치
낯은 익으나 누군지 기억할 수 없는 사람 같다. 그 여인
이 나에게 먹을 것을 갖다 줌에 미쳐서, 돌연 깨닫는 바
가 있었다. 바로 얼마 전, 바다에서 풍파風波를 만나 까
무러쳐 정신을 잃었을 때 나에게 먹을 것을 갖다 주던
바로 그 여인이다. 아아, 그 여인은 청산靑山에 있고 나
는 제주도에 살면서 머나먼 바다로 가로막혀 평생에 단

한 번도 본 일이 없었다. 그런데도 지난날에는 꿈속에서 나에게 먹을 것을 주고, 이제는 사당 아래에서 마주 대하게 되었으니 전생前生에 연분이 없었다면 어찌 이럴 수 있으려요. 술을 다 마시고 숙사로 돌아와서도 연연한 생각으로 마음을 수습할 수 없다.

"그 여자는 바로 조씨趙氏의 딸입니다. 아까 그 할멈은 곧 그 어머니지요. 나이는 이제 스물. 남편을 잃고 혼자 사는 지가 벌써 몇 년 되었지요. 집은 당촌堂村에 있습니다. 문門은 시냇물에 임하여 있고 긴대들이 그 기슭을 에워싸고 있으며 그 집 사립문은 양달쪽으로 나 있는데, 매화梅花 한 그루가 간창澗窓을 가려 은은히 비치고 있는 집이 바로 그 여자 집이지요. 그러나 손님께 비록 투향지심偸香之心이 있다 하더라도 그녀에게 감열지계感悅之戒가 어찌 없겠습니까. 더욱이 죽을 고비를 수없이 넘겨 겨우 몸과 생명을 보존하셨는데, 생각을 조금만 잘못하셔도 심덕心德을 손상하시기 쉽습니다. 손님께선 부디 삼가십시오"
하고 곽순창郭順昌이가 나에게 타이르듯 말한다. 나는 이렇게 경계시키는 말을 듣고는 나도 모르는 새에 식은땀이 등을 적신다. 그러나 이미 꿈에서 그녀를 보았고 다시 생시에 그녀를 만나게 되었으니, 잊으려 해도 잊을 수가 없다. 남몰래 서로 사랑하는 정이 생겼나 보다.

이날 밤에 이 섬에 사는 김만련이와 같이 자면서, 나는 그녀에 대한 이야기를 끄집어내어 서로 주거니받거니 말들을 했다. 만련은 다정한 사람이라,

"제가 또한 손님을 위해서 일이 잘 되도록 꾸며보지요. 저한테 계집종이 하나 있었는데, 이름은 명월明月이라 하지요. 그런데 이 계집종을 작년에 조씨趙氏 집에 팔았습니다. 만약 이 종이 손님을 위해 힘을 써준다면 일은 가히 성취될 수 있을 겝니다."

하고, 일이 되도록 주선해줄 의향이 있음을 말해준다.

초열흘, 맑다

이도원과 박항원을 당촌의 서쪽에 장사지냈다. 머나먼 고도孤島의 거친 들판에 달은 교교히 밝게 비치고, 두견새는 울음 울어 두견두견 하고 그 울음 소리가 들리는 듯하여 이렇게 나그네의 마음을 슬프게 하는데, 죽은 사람의 원통함이야 어떠하리요.

저녁때 돌연 떠들어대며 다투는 쇼리가 길거리에서 들려온다. 그 연고를 물었더니 주인의 대답이,

"이 섬은 멀리 떨어져 있어서 왕화王化를 입지 못하고 있습니다. 그래서 북륙北陸에 사는 사람들이 이 섬에 들어와 작폐作弊하는 일이 많습니다. 방금 이진진梨津鎭의 아전 하나가 신은(新恩:새로 문과에 급제한 사람) 한 사람

울 거느리고 어제 저녁 이 섬에 들어와 혹은 이정(里正: 리里의 공직을 맡는 사람의 하나)을 몽둥이로 때려 주식酒食을 억지로 달라 하여 먹으며 혹은 남자 광대를 족쳐서 금전이나 재산을 마구 빼앗기도 하는데, 심지어는 사람들의 농우農牛를 빼앗기까지 합니다. 바로 얼마 전에 동녘 이웃에 사는 과부가 자기 농우를 빼앗겼기 때문에 저와 같이 걸거리에서 다투고 있는 것이지요”

한다. 이때 갑자기 나이가 한 열대여섯 살은 되었을까 싶은 아이 하나가 땀을 뻘뻘 흘리며 급히 뛰어들어와서 주인에게 말한다.

“공공연히 소를 뺏아가니 원통하기 짝이 없습니다. 대감大監님 앞으로 이 사실을 일러바치고 싶은데, 영감님 생각은 어떻습니까.”

이 아이는 곧 과부의 아들로서 이렇게 이 집 주인인 박첨지朴僉知에게 의논하러 온 것이다. 이에 주인은,

“차라리 빼앗기고 있는 게 낫지. 만약 그 사람들과 서로 송사訟事가 벌어지면, 그 사람들이 너를 미워하는 마음이 사무칠 테지. 그러면 뒤에 와서 보복하게 될 때는 소 한 마리 잃는 정도에서 그치지 않을 거야. 아무쪼록 입을 열지 마라”

하고 타일러 보낸다.

나는 대감 안전大監案前이란 이야기를 듣고 하도 괴이

하여 물어보았더니 그의 대답이,

"이 섬은 바로 왕손궁王孫宮이 딸려 있는 것입니다. 그래서 본궁本宮에서 사람을 보내어 세稅를 거둬들이지요. 그러므로 이곳 섬사람들은 대감님 무어라고 칭하고들 있지요"

한다. 여기 와서 세稅를 거두는 궁차(宮差:宮家에서 보내는 심부름꾼)가 어떤 사람인가도 알지 못하면서 대감이라 일컫는 것은 이곳 섬사람들이 우매愚昧하기 때문이다. 속담에 이르는 바 "범 없는 골에는 살쾡이가 범 행세를 한다"란 말에 그릇됨이 없다. 소위 그들이 말하는 아진진의 아전이라든지 그리고 신은이라고 일컫는 그 자들의 이름은 모르나 섬사람들은 그들을 천 이방千吏房 · 이 선달李先達이라 부르고 있다.

천가千哥란 아전의 횡포와 교활함은 관습에 따라 죽여 마땅할 것이요. 또 이가李哥란 자는 갓을 쓴 주제에 수염을 기르고 벼슬할 마음의 준비를 갖추고 있어야 될 텐데 이와 같이 도리에 어긋나는 짓만 하고 다니며 앞일을 생각지 않으니 놀랍고 통분할 노릇이다.

속담에 이런 말이 있지 않은가. 어떤 사람이 아이에게 천자문千字文을 가르치는데, 아이가 부父란 글자를 잊어버렸다. 그래서 너희 집에서 큰 것이 무엇이냐 하고 묻게 되었다. 그렇게 말한 의도는 그 아이로 하여금 아

비 부父란 자를 알도록 하게 함이었다. 그랬더니 그 아이가 다급한 마음에 바쁘게 입을 놀려 한다는 대답이,

"우리 집에서 큰 것은 황소지요"

했다는 것이다. 이는 철없는 어린 아이의 망령된 대답으로서 이 대답이 오늘에 이르도록 웃음거리고 되어 있지만, 그러나 역시 농가農家에서는 황소를 중히 여기고 있음을 알 수 있을 것이다.

이제 이곳 섬사람들이 소중히 여기는 황소를 잃어버리고 분한 마음을 품고 있으면서도 이를 참고 감히 천千이란 아전과 이李란 갓쟁이를 상대로 송사를 일으키지 못하는 것은 오래전부터 그들이 저질러온 행패가 어떠했는가를 잘 알고 있기 때문이다. 불쌍한 사람은 섬에 사는 사람들이 아닌가. 변해邊海를 맡아 다스리는 관원들은 마땅히 여러 섬들을 고루 보살펴서 이런 폐단이 없도록 해야 할 것이다.

11일, 맑다

정재운丁載運이란 사람이 술을 가지고 위로하러 왔다가 앉아서 서로 이야기하는 동안에, 그는 어리석고 종잡을 수 없는 말을 많이 한다. 그러다가 갑자기,

"제주濟州에도 역시 문사文士가 있습니까?"

한다. 서일은 그 부질없는 질문에 대해서 빙긋이 웃고

있다. 또 굳이 여러 말로 변명하고 싶지도 않아서 다만,

　"문사가 있을 리 있나요"

라고만 대답했더니 재운이가 머리를 끄덕끄덕하면서,

　"과연 그렇겠군요. 이 섬에선 글에 능한 선비가 한 사람 있는데, 김성건金聖健이라 하지요. 본래 강진康津 사람으로서 이 섬에서 처가살이를 하고 있는데, 나이는 이제 스물일곱 살입니다. 오래지 않고 꼭 과거科擧에 합격할 것입니다"

한다. 이 말에 서일이가,

　"그 성건이란 분의 글과 선생의 글을 비교하면 어느 쪽이 더 낫습니까?"

하고 물었다. 이에 재운이는 깊이 생각하는 것 같더니,

　"고체古體의 시詩를 짓는 데는 내가 성건만 못하고, 의송(議送:군위郡衛를 거쳐서 관종사에게 상소하는 일)을 짓는 데는 그나 나만 못하지요."

　"고체의 시를 능히 몇 구句까지나 지을 수 있나요?"

했더니 그의 대답이,

　"어떤 때는 15구十五句도 짓지요"

한다. 이 말에 서일은 저도 모르는 새에 입을 가리고 껄껄 웃는다.

　재운이가 다시 나에게 묻는다.

　"며칠 전 해안에서 제사를 지낼 때에 읽었던 소위 축

문祝文은 가례(家禮:집안에서 지켜야 할 예법을 적어 놓은 책)에는 없는 글을 뽑았으니 어쩐 일입니까. 제주濟州의 가례는 내지(內地:조선 본토 내)와 다른지요."

대저 섬사람들은 무식하여 오로지 가례 중에 실려 있는 축문을 뽑아 쓰는 줄만 알지, 조상하여 제사하는 글이 있는 줄은 알지 못하므로 이런 질문이 나온 것이다.

문사文士라고 자처하는 사람도 그 무식함이 이와 같으니, 다른 사람은 족히 말할 것이 못 된다. 나는 글을 지어서 제사지내는 뜻을 간단히 말해주었다. 재운은 공손히 듣고 있다가 물러갔다.

어젯밤 뱃사람들이 포구浦口에서 가죽으로 만든 행담行擔을 주워 왔다. 그것은 곧 배 위에 실려 있던 물건이다. 김서일이가,

"내가 배에서 뛰어내릴 때 형세가 심히 창황하므로 엉겁결에 뭔가 기다란 새끼줄 끝에 매달려 나를 따라 오잖아요. 몸은 주체를 못하도록 무겁지 힘은 약하지 몇 번 죽을 뻔했는지 모른답니다. 그런 줄 알았더라면 차라리 물건을 새끼줄 첫머리에 얽어매어 나오는 것이 나았을는지 모르지요. 떴다, 갈앉았다 하여 몇 번이나 곤두박질쳤지요. 물건도 역시 운수가 있는 셈입니다."

한다. 나는 곧 그것을 잘라서 안을 들여다보았다. 그랬더니, 그 속에 들어 있던 지화紙貨나 문자文字 등속은 물이

묻어 뒤범벅이 되어 모두 진흙 찌꺼기같이 되어 있다.

호산도에 있을 때에 표해일록漂海日錄을 초해서 이 짐 속에 넣어 두었는데, 이제 그것을 꺼내보니 떨어져 달아나고 젖어 뭉개지고 해서 대부분 그 내용을 알아 볼 수 없다. 그러나 뜻을 더듬어 생각해 올라가니, 어느 정도 그 대강을 알 수 있다. 이 역시 원고를 아주 잃어버리지 않아 다행이다.

저녁때가 되어서 김만련이가 매월梅月과 같이 와서,

"손님께서 꿈속에 그녀를 만났다는 이야기를 매월이가 전하였더니 그 말을 듣고는 마치 마음속으로 애정을 느끼는 것 같아서 별로 준절히 물리치는 말이 없었다 하니, 이는 곧 허락하는 거나 같습니다. 더욱이 그 어머니가 오늘 밤 산사山寺에 초례를 올리러 갔으니, 손님께서 탐화투향探花偸香하시려면 이 기회를 놓쳐서는 안 됩니다"

하고 일러주며, 또 매월을 보고는 이러이러하게 하라고 가르쳐준다.

이날 밤, 나는 당촌에 가서 그녀의 집 안에 뛰어들었다. 창 밖의 나지막한 담장 아래를 보니 매화나무 한 그루가 서 있는데, 산중에 걸린 달은 이미 기울어져 꽃그늘이 조용히 나풀거리고 있다. 나는 꽃 아래 우두커니 서서 매월이가 나오기를 기다렸다. 이때 밤은 이미 이

숙하고 사방은 고요히 잠자는 듯하다. 다만 조그마한 삽살개가 나를 보고 짖어댈 뿐이다. 매월이가 개 짖는 소리를 듣고 문을 열고 나와서는 나를 방 안으로 인도한다. 산골짝의 맑은 달이 창을 비추고 있어 방 안이 환하다. 그녀는 이불을 덮고 누워 있다가 앉는다. 처음에는 엄숙한 말로 준절히 거절하는 것이 도무지 용납하지 않을 것 같았다. 그러다가 나의 은근한 이야기를 듣고는 추파秋波를 굴리는 듯하더니, 이야기하는 품도 점점 누그러진다. 혹은 수줍어하며 교태를 보이기도 하고, 혹은 짐짓 노한 체하며 마구 욕설을 한다.

"죽일 년 매월이가 나를 팔았구나"

그러나 잠자리에서 서로 기쁨을 나눔에 미쳐서는 마음이 혼곤히 흐뭇해져 성내어 꾸짖던 소리는 뚝 끊어진 지 오래고, 다정스런 마음이 끓어올라 견딜 수 없다. 양대陽臺에서 운우雲雨의 정을 나누었다는 꿈(《초사楚辭》에 나오는, '楚襄王夢一婦, 曰, 妾巫山女, 朝爲行雨, 朝朝暮暮, 陽臺之下' 란 고사에 근거한 말) 이야기로도 오히려 이 즐거움을 비유할 수 없다.

이윽고 그녀는 옷을 입고 앉으며, 손으로는 구름 같은 머리를 가다듬으며 웃음 짓고 있다. 나를 보고,

"가련하군요. 매월이가 밖에 있어 몹시 추울 텐데, 왜 방 안에 불러들이지 않으시나요"

한다. 나는 매월을 불러 방 안으로 들어오게 하면서 웃
으며 그녀에게 말했다.

"처음에는 죽일 년이라고 꾸짖더니, 뒤에 와선 추위
얼겠다고 마음 아파함은 어쩐 일이냐?"

그러나 그녀는 교태嬌態를 띠고 수줍어할 뿐 대답이
없다. 매월을 돌아보고는,

"이 마을 사람들은 대개가 모두 내 죽은 남편의 친척
들이니, 이 일이 만약 탄로나면 화禍가 닥칠 텐데 이를
어쩌면 좋노?"

한다. 그리고는 웃깃을 여미며 나를 보고 말한다.

"저의 처지를 낭자께서 어찌 아오리까. 저의 본本은
장흥長興입니다. 어머니가 이 섬에 시집와서 아들 하나,
딸 하나를 두고 일찍 홀로 되셨지요. 그 아들이 바로 이
섬에 있는 조기백趙起白이고, 딸은 곧 접니다. 저 역시 박
명薄命해서 나이 열일곱에 시집갔으나, 시집간 이듬해
에 남편은 죽고 말았습니다. 어머니는 제가 과부로 홀
로 사는 것을 마음 아파하시며 번번이 다시 사위를 구
하려 하나, 아직 제가 마음을 정하지 못해 제 뜻을 돌리
지 못하신 지 오랩니다. 이제 낭자의 말씀을 들으니 전
일에 꿈속에서 만난 것도 우연한 일이 아닐 뿐 아니라,
오늘 밤 잠자리의 즐거움도 하늘이 전생前生에서 못다
이룬 연분을 풀어준 것이고 오늘 밤 다정하게 만날 기

회도 마련해주셨는가 봅니다. 이제부터는 제가 죽는 한이 있더라도 백년고락百年苦樂을 오직 낭자만 받들어 누리고 싶습니다만, 낭자께선 이를 어떻게 하실는지 모르겠습니다."

이에 나는,

"월로(月老:연분을 맺어주는 신)가 이미 삼생三生의 연분을 맺어주었으나 혼인할 시기는 겨우 한 번만 빌려준 모양이야. 저 하늘의 비익(比翼:비익은 새 한 마리가 날개 하나를 가지고 있어서 새 두 마리가 가지런히 있어야 비로소 두 날개가 되어 날고)과 땅에 있는 연리지(連理枝:연리지는 두 나무의 가지가 맞닿아서 결이 통한다는 뜻으로 부부나 남녀의 화목한 사이를 이르는 말)가 어찌 우리 두 사람의 발원發願이 아닐까보냐. 그러나 한 번 헤어진 뒤로는 약수(弱水:선경에 있다는 강으로 물의 부력이 아주 약해서 기러기 털처럼 가벼운 것도 가라앉는다 함. 《태평광기(太平廣記》에 '蓬萊隔弱水三十萬里, 非飛仙, 無以到' 란 말이 있음)가 천리 밖에 가로막혀 있어 다시 만날 기약이 없으니 이를 어찌겠느냐. 내가 만약 너를 데려간다 해도 네가 어머니를 버릴 리가 없을 것이고, 나를 여기 머물게 하여 산다 한들 나에게 고향을 그리워하는 마음이 생길 테니 이 또한 어찌겠느냐.

만약 내가 하늘의 도우심을 받아 일찍 과거에 합격하

여 남도南道에서 벼슬을 살게 되면 봉도(蓬島:봉래산을 이름)의 약속을 가히 실천할 수 있을 것이며, 소상지봉蕭湘之逢도 가히 기대할 수 있을 것이다. 그러나 그렇게 되지 못한다면 금세今世에서는 서로 헤어져 있을 수밖에 없으니 어찌 슬프지 않으리요. 내생來生에 두우(斗牛:북두성과 견우성)에서 만나는 것이 소원이다”
하고 말했다. 그녀는 울음을 거두고,

“저의 박명함을 돌아보면, 살아도 산 것 같지 않습니다. 저의 어머니 친척들이 육지에 많이 살고 있습니다. 장흥長興 부리(府吏:아전을 말함)로 있기도 하며, 벽사 역인碧沙驛人으로도 있습니다. 저는 어머니 친척집에 가 있으면서 낭자께서 과거에 합격하기를 기다리고 있겠습니다. 이 섬은 돌아보아야 사람들도 그렇게 많이 살지 않아 적적하고 편지도 받아보기 힘듭니다. 그러니 어찌 이 속에서 늙어 죽을 수 있겠습니까. 낭자께서 저를 버리시지 않는다면 남풍南風이 불 때 좋은 소식이나 전해 주십시오. 저는 꼭 5년 기한으로 기다리고 있겠습니다. 낭자께서 만약 기한이 지나도 오시지 않으면 그때에는 다른 집안으로 시집가겠습니다”
하고 대답한다.

이윽고 수촌水村의 닭 우는 소리가 들려오고, 동녘 하늘은 불그스래 동이 트기 시작한다. 손을 붙잡으며 서로 헤어지니, 목이 메어 말을 할 수가 없다.

12일, 춥다

섬사람들이 이 섬과 강진康津의 남당포南塘浦와의 사이는 그 길이 몹시 멀다는 말과 이 섬에 제일 가까운 것은 신지도新智島만으로서 수로水路로 겨우 100리 남짓한데, 지도智島에서 나루 둘을 건너면 곧 편안히 육지로 나갈 수 있다고 했다.

나는 강진으로 가려 했지만 몹시 데었기 때문에 먼 바닷길을 건너는 것은 딱 질색이므로 지도를 거쳐 육지로 나가려고 하였다. 그때 마침 이 섬에서 지도로 가는 배편이 있었는데 순풍을 기다리며 아직 떠나지 않고 있다. 이 배의 주인은 바로 내가 머물고 있는 집 주인의 형으로 박 첨지라고 일컫고 있었는데, 그 이름은 잊어버렸다. 나와 박 첨지는 같이 지도로 건너가기를 약속했다.

13일, 맑다

오늘 아침 선주船主가 와서,

"오늘 순풍順風인데, 만약 오늘 떠나지 않으면 필시 이 섬에서 더 지체하게 되어 시일을 헛되이 보내게 됩니다."

한다. 그리고는 서둘러서 빨리 밥을 짓게 하고는 배 떠날 차비를 한다. 또 섬사람들이 우리에게 음식물을 대접하느라 폐도 되고, 표류해온 우리 일행은 모두 오래 머물러 있어 고향을 그리워하는 마음도 짙어지고 해서 모두들 나에게 배타기를 권한다.

우리는 배 닻줄을 풀고 지도를 향해서 떠났다. 중간쯤 와서 바람 한 점 불지 않으므로 배는 나아가지 못한다. 연달아 노를 저어도 겨우 지도에다 배를 댈 수 있었다. 산중의 해는 이미 기울어져 황혼을 재촉하고 있는데 사람들이 사는 마을은 아직도 멀다. 주인과 헤어져서 우리들 여덟 사람들만이 짝을 지어 10리 남짓 가서 당촌에 이르러 길가 민가民家에서 잤다.

내가 청산도靑山島에 있을 때, 집주인이 쌀과 돈 얼마를 주며 노자에 쓰게 하고, 또 갓, 창의(氅衣:소매가 넓고 뒷솔기가 갈라진 윗옷), 미투리를 사서 나를 치송治送해주니 그 은혜에 감복할 수밖에 없다. 보답하고 싶으나 보답할 길이 없다.

14일, 맑다

당촌에서 10리를 가서 나루를 건너니, 고금도古今島에 닿는다. 고금도에서 20리를 가서 나루를 건너니 마두진馬頭鎭에 도달했다. 진鎭 밑에 있는 객점客店에서 잤다.

15일, 저녁때 비가 오다

마두진에서 떠나 50리를 가니, 강진의 남당포南塘浦에 도달한다. 마두진에서 강진으로 가는 길에 강진 회계촌會契村 사람인 신덕해申德海를 만났다. 같이 길을 가다가 저녁때 비가 내리므로 칠양산七陽山 변두리에 있는 민가民家에서 쉬었다가 남당진포南塘津浦에 도착해보니, 밤은 이미 캄캄하게 저물었다.

갯가에서 몇 사람이 어두운 속에서 서로 이야기를 주고받고 한다.

"내일은 반드시 순풍을 만나서 배로 떠나가게 될 것 같지?"

"바람만 좋으면야 소안도所安島에 배를 댈 것 없이 곧장 제주로 가는 것이 좋을 거야."

이때 나는 발은 부르트고 배는 몹시 고프고 하여, 더 앞으로 걸어갈 수가 없어서 길 왼편의 풀 언덕에 앉아 쉬고 있었다. 이창성이,

"저 사람들이 곧장 제주로 가겠다고 말하는 것을 보니, 필시 제주 사람일 거야"

하니 어떤 사람은,

"말소리가 제주 사람을 닮지 않았는데요. 저들은 강진 사람으로서 물건을 팔러 제주에 가려는 사람일 겝니다"

한다. 그러니까 창성은,

"그렇지 않다. 제주 사람이라도 장사를 업業으로 하는 사람은 섬과 육지를 왔다갔다 하게 되니 제주 말이 변할 수도 있지. 무릇 북륙北陸에서 제주로 가는 사람은 반드시 배를 몰아 소안도所安島로 들어가서 거기서 순풍을 기다려 제주로 가게 되니, 마치 육로陸路로 치면 참站에서 쉬었다 가는 거와 같지. 이제 제주로 직향하겠다고 말하는 걸 보면, 고향을 간절히 그리워하며 고향으로 돌아가려는 마음이 쏜살같음을 가히 알 수 있다"

고 말한다. 갯가에 가서 보니, 과연 그들은 제주 사람인 김중택金仲澤·이봉래李鳳來·김복성金福成 세 사람이다. 그들은 장삿일로 육지에 나왔다가 장삿일을 마치고 제주로 돌아가려고 순풍을 기다리며 이렇게 있는 것이었다. 세 사람은 내가 길 왼편에 있는 것을 알고 엎어지듯 급히 와서 보고는 나를 끌고 주가主家로 돌아가서 서로 다투어 술과 안주를 내고 또 저녁밥을 대접하며 만사일생萬死一生으로 간신히 살아나온 마음을 위로해준다. 또 제주 사람 김창현金昌賢이란 사람이 나를 찾아보러 왔다. 그 사람은 관사官事로서 서울에 올라가게 된다고 말한다.

이에 제주 사람들은 모두,

"내일 아침에는 반드시 배가 떠날 테니, 원컨대 같은

배에 타서 고향으로 돌아가시기 바랍니다"
하고 같이 가기를 바란다. 그래서 나는,
　"이미 육지로 나왔으니, 마땅히 서울로 과거 시험을
보러가야지"
하고 대답했다. 이때는 대개 바람이 높고 바다가 험하
여서 먼 바다를 건너기가 극히 위험하므로 사오월까지
기다려 바람이 잔잔하면 바다를 건너가려고 서울에 갑
네 하고 배를 타지 않으려 했던 것이다. 김창현이가 곁
에 있다가,
　"그러시다면 제가 모시고 서울로 가겠습니다"
한다. 사람들이 모두 나에게 같이 제주로 건너가자고
권하나, 내 뜻이 이미 작정되었으므로 쉽사리 무너뜨
릴 수 없었다. 이에 김중택·이봉래·김복성이 각각
10냥씩을 나에게 노자로 준다. 같이 표류했던 일행들
은 내가 같이 제주로 가지 못하게 되었다 해서 섭섭한
마음을 감추지 못하고 있다. 서로 번갈아 가며 다투어
나에게 서울로 가는 것을 말리나, 끝내 그렇게 할 수 없
었다.
　이날 밤에 고향으로 보내는 편지를 써서 김서일 편에
부쳤다.

16일, 맑다

오늘 아침 북풍이 잠깐 인다. 표인배漂人輩는 김중택 등과 함께 배 닻줄을 풀고 제주로 향하였다. 나루터에서 서로 이별하니 헤어지는 마음 참기 어렵다. 서로 눈물을 뿌리며 헤어졌다. 객점客店에 돌아와 누우니, 고향이 그리워지는 마음과 이별의 한스러움이 마음속을 괴롭게 감싼다. 술을 사서 흠뻑 마시고 취하여 쓰러져 잠이 들었다. 잠에서 깨어보니 벌써 대낮이다. 김창현이가 나를 따라다니며 서울 갈 여장을 장만하였다. 나는 창현에게,

"내가 사오월에 바다를 건너 제주로 가려는 것은, 사실은 바람이 높을 때 배를 타기가 좋지 않기 때문이야. 서울로 갑네 한 것은 핑계였지 본마음은 아니야"

하고 말했다. 이때 창현은,

"노자로 이미 30냥이나 되는 돈을 얻었으니, 가히 타고 가실 만한 말을 살 수 있습니다. 또 제가 가지고 있는 초료(草料:변경의 수령, 군관, 대관의 종자從者나 공무여행자에 대해서 도중 각 역참에게 거마·식료 등의 공급을 명령하던 문서)로 넉넉히 몇 사람 분의 식량은 공급받을 수 있습니다. 이렇게 해서 서울로 올라가게 되면 편하게 될 수 있으실 것인데, 어찌 울적하게 여기에만 계셔서 허다한 일월日月을 보내실 수 있겠습니까"

한다. 나도 가만히 생각해보니, 만약 이번 기회를 놓치면 일생 동안 영영 문조聞詔할 기약이 없을 것이요, 또 창현이가 하는 말에도 의견이 없지 않아 드디어 창현과 더불어 같이 서울로 올라가기를 약속했다. 이날 25냥을 들여 타고 갈 말을 샀다.

19일
길을 떠나 서울로 올라갔다.

2월 초사흘
서울에 들어섰다.
과거에 떨어진 뒤, 3월 초사흘 서울을 떠나 내려왔다.

5월 초여드레
고향으로 돌아왔다. 죽었던 몸이 다시 살아난 듯한 기분으로 집에 돌아와 쌍오雙梧를 절하여 뵈옵고 다시 처자를 마주 대하니, 온 집안이 슬픔과 기쁨으로 그 동안 지내온 일을 이야기하랴, 또 이야기하다 보면 슬프고 기쁜 나머지 눈물 바다를 이루었다.

아아. 내가 작년에 이번 여행의 길을 떠나지 못하고 조천관朝天館에서 순풍을 기다리고 있을 때에, 꿈에 등영구登瀛丘에 오른 일이 있다. 그런데 이 언덕은 한라산

의 북쪽에 자리잡고 있는데, 수석水石이 뛰어나게 아름
답고 풍연風煙이 맑고 고와서 제주도에서 경치 좋기로
이름난 곳이다. 내가 꿈에 여기에 올라가서 이곳 경치
를 즐기고 있다가 문득 절벽 위를 보니, 바위에 다음과
같은 글이 새겨져 있었다.

山中無曆日(산에선 날짜쯤이야 될 대로 되라지)
由洞口而深入(동구를 지나 깊숙이 안으로 들어나 가자)
또 한 곳에는,
馬上逢寒食(말을 타고 길을 가며 한식을 맞이하다)

란 글이 있었다. 어느 누가 내가 가없는 바다 위를 떠돌
아다니다, 호산도 섬 속에서 해를 보내고, 서울에 몇십
일을 머물러 있다가 한식寒食 날에 길을 떠나게 됨을 미
리 헤아려 알고 있었던고.

아아, 슬프구나. 나와 함께 바다를 표류하던 사람은
스물여덟 명이었는데, 살아 돌아온 사람은 겨우 일곱
사람에 불과하다. 일곱 사람은 나보다 먼저 고향에 돌
아오고 나는 5월이 되어서 돌아왔다.

그들을 찾아보니 일곱 사람에서 두 사람은 병이 들어
있고, 한 사람은 멀리 한라산의 남쪽에 가 있다. 네 사
람은 이미 죽어서 동곽東郭 밖에다 장사를 지낸 뒤였다.

나는 곧 그 무덤에 가서 곡哭을 하였다.

"아아, 슬프구나. 네가 벌써 죽다니 내 어찌 슬프지 않으리요. 그러나 죽을 자리를 얻어 죽었음을 아노니 또한 어찌 슬프다고만 하고 있으랴. 일찍이 풍파風波를 만나 아무래도 죽게 될 도리뿐이지 살길이 만무할 때, 너는 하늘에다 대고 부르짖으며 울지 않았나. '만약 처자를 보고 형제들을 보면서 창문 아래에 누워 죽을 수만 있다면, 어찌 말할 수 없이 영광스럽고 다행한 일이 아니리요' 하고 말들을 하면서, 네가 병들었을 때 처자가 너를 부축하고 형제들이 네 좌우에 있었으며, 네가 자리 위에 눕게 되어서는 형제·처자가 네 곁에 있음을 알고는 필시 죽음에 대한 슬픔 생각도 잊어버리고 죽었을 것이다. 마치 단잠을 자듯 아무 근심없이 말이다. 너의 죽음은 가히 영화롭다 할 것이다. 네가 슬프지 않았는데, 내 또한 어찌 슬피 곡哭할 수 있으랴."

이때 한 객客이 옆에 있었는데, 그 모습으로 보아 심히 슬퍼하는 것 같았다. 나를 보고,

"선생께서 지내온 내력을 듣고서 놀란 마음 달랠 길이 없습니다. 갖은 죽을 고생을 다하다 겨우 요행으로 살아났으니 어찌 다행하지 않겠습니까. 선생과 같이 표류하던 사람들이 이제 거의 다 죽고 없는 것은, 어찌 반드시 그들의 목숨이 선생에 미치지 못해서이겠습니까.

고래를 만나고 파도를 뒤집어쓰고 했으니, 살았다 하더라도 정신을 해치게 되어 거기에서 질병이 따라 생겨 하늘로부터 받은 목숨을 다 누리지 못했으니 참으로 슬프고 가엾은 일입니다. 그런데 오직 선생만은 질병이 나지도 않으며, 수염과 머리도 옛날과 같고, 얼굴에는 화평한 빛이 돌며 조금도 근심하는 기색이 없으니, 그렇게도 정신이 혼미하여서야 목석木石과 더불어 한 가지로 우둔한 사람이 아닙니까. 화禍와 복은 둘이 아니라고, 육체는 제쳐놓고 달관達觀하시는 겁니까.”

하고 말한다. 이에 나는 이렇게 응답했다.

“대저 낙樂이란 그 성性을 기르는 것이어서, 마치 이삭이 나와 자라는 거와 같습니다. 근심〔憂〕은 그 마음을 상하게 하니, 마치 나무를 좀먹어 그 나무가 꺾여지는 것과 같습니다. 그러나 대체로 요새 사람들은 한 번 고경苦境을 거치지 않고서는 그 낙樂을 아는 사람이 드물지요. 그러므로 태행(太行:산의 이름. 중국 하남성에 있음)에서 수레가 꺾인 뒤에야 구구(九衢:수도에 있는 아홉 가닥의 큰 길. 곧 큰 도읍의 뜻)가 평탄한 길임을 알며, 여량(呂梁:사자泗子에 ‘呂梁懸水 三千水流沫九十里’라 있고, 수경주水經注에는 ‘呂縣對莊水, 泗之上有石梁焉, 故曰呂梁, 懸濤瀰洃實爲泗險’)에서 배를 깨뜨린 뒤에야 오호(五湖:호수의 이름. 중국 장소·절강성내에 있음)의 물이 잔잔하게 흐름을 아는 것이오. 내가 바다에 있으니, 눈에 보이는 것이라고는 바다와 하늘이 서로 굼틀거리는 것이요, 귀에 들리는 것이라고는 바닷고기의 소름 끼치는 소리뿐이었소. 성난 물결은 부딪쳐 으르렁대고, 게다가 벼락은 치고, 해안에선 도적들(호산도에서 만난 왜적)이 내 혼을 빼앗고, 배 가운데서는 적(敵:안남국 선원)이 원수를 갚으려고 칼날을 갈고 있었으니, 이는 여량에서 얇은 얼음을 밟고 건너며 살기를 구하고, 태행太行에서 마차의 멍에를 타고 말을 몰아 온전하기를 바라는 것과 다를 바 없소. 이렇게 이미 고경苦境을 겪었으니, 오늘의 낙을 말할 수 없는 것이오. 몸이 거처하는 곳이 편안한 집안이며, 발을 내디뎌 걸을 수 있는 곳도 평탄한 길과 잔잔한 시내이며, 풍운風雲과 달밤의 이슬 머금은 풍경을 눈으로 보며 그 모습을 기뻐하며, 쇠〔金〕·돌〔石〕·실〔絲〕·대〔竹〕로 만든 악기樂器의 소리를 귀로 들으며 그 소리를 즐길 수 있으니, 춥고 배고픔은 사람들이 근심하는 것이지만 바다 위에 떠 있는 것에 비하면 오히려 배부르고 따뜻하다 할 것이요. 질병은 사람들이 다 괴로워하는 바지만 바다 위에 있는 고통에 비하면 차라리 강녕康寧한 셈이지요. 내가 바다 위에 있던 때를 잊어버리지 않는 한, 하늘과 땅 사이에 어떤 물건이라도 나를 즐겁게 하지 않을 것이 없으며, 어떤 일이라도 나를 즐겁게 하지 않을 것이 없소. 이러니 말린 밥을 먹고, 풀을 뜯어먹어도 기름진 음식 같고, 섶을 지고 삯일로 남의 쌀을 찧어도 부귀富貴의 낙이 있다 할 것이오. 내가 바다를 표류할 때는 말할 수 없는 고통과 위험한 일을 당하였소. 그러다가 문득 찾아온 지극한 즐거움은 삶을 얻은 데 있는 것이오. 세상에서 득실得失에 급급하고, 화복禍福에만 마음을 쓰고 근심할 것임은 내 이야기를 듣고도 그대로 남아 있을 것이지만, 그 양생養生에 있어서는 내 말이 아마 옳을 것이오."

객客은 일어나 절하며 사죄하고,

"내가 듣기로는 물物은 어떤 변화를 받아야 훌륭한 재목이 되고, 사람은 어려움을 겪어야 슬기롭고 사리에 밝게 된다는 것인데, 이 말은 바로 선생을 두고 한 말이 아닙니까."

한다.

"어허, 객께서 어찌 나를 알겠소. 지명智明하지 못해도 재목은 될 수 있지요. 내가 비록 감히 그러하진 못하지만, 역시 그 이름만은 피하고 싶소. 선생은 듣지 못하였소. 나무는 재목이 될 만한 것이 먼저 베이고 꺾여서 먼저 불살라지며, 장홍(萇弘:주 경왕의 대부大夫)은 지智로써 곤란을 당하고, 조착(晁錯:한 영천인漢潁川人. 경제景帝 때 어사대부가 됨. 지양智襄이라 했음. 그러나 뒤에 요창腰斬을 당해 죽었음)은 저智로써 죽었지요. 물物의 재화災禍는 재목에서 생기고, 사람의 재앙은 지智에서 생기는 것이오. 그러므로 나는 재목이나 슬기를 미워하오.

대저 사물에 통달한 사람은 복福에 의지함은 아나 기뻐하진 않으며, 한편 화禍를 감출 줄 알고 이를 근심하지 않으며, 또 무엇을 얻는다 해서 마음이 들뜨도록 좋아하는 법이 없고, 잃는다 해서 마음이 상하도록 안타깝게 생각하는 일이 없지요. 이렇게 되면 마음은 만화萬化와 더불어 의당 화합하고, 정신은 조물造物과 더불어 나란히 노닐게 되는데, 아아, 이러한 사람이 없으니 나는 누구와 더불어 돌아가야 되오."

이렇게 말하니, 객客은 대답 없이 나에게 읍揖하고 지나가버린다. 그러므로 여기에 이 이야기를 적어 간직해 둔다. 나를 아는 사람이 찾아내어 이를 보게 될 것이다.

신묘년(1771년) 음력 5월 하순, 녹담거사鹿潭居士 적음.

■ 옮긴이 소개

1922년 경남 하동 출생.
서울대 문리대 국문과 졸업.
하버드 대학 교환 교수.
서울대 문리대 교수 역임.
저서 《국문학산고》 《시조문학사전》 외 다수.

표해록

초판 1쇄 발행 / 1979년 2월 25일
 2판 1쇄 발행 / 1993년 3월 30일
 3판 1쇄 발행 / 2015년 11월 30일

지은이 / 장 한 철
옮긴이 / 정 병 욱
펴낸이 / 윤 형 두
펴낸데 / 범 우 사

등록번호 / 제406-2003-000048호
등록일자 / 1966년 8월 3일
주소 / 413-120 경기도 파주시 광인사길 9-13 (문발동 525-2)
전화 / 031-955-6900, 팩스/ 031-955-6905

ISBN 978-89-08-06107-1 04800 (홈페이지) www.bumwoosa.co.kr
      978-89-08-06000-5 (세트)   (이메일) bumwoosa@chol.com

주머니 속 내 친구!
범우문고
【각권 값 2,800원】

2005년 서울대·연대·고대 권장도서 및

논술시험 준비중인 청소년과 대학생을

범우비평판

1 토마스 불핀치 1 그리스·로마 신화 최혁순 ★●
    2 원탁의 기사 한영환
    3 샤를마뉴 황제의 전설 이성규
2 도스토예프스키 1-2 죄와 벌(전2권) 이철 ◆
    3-5 카라마조프의 형제(전3권) 김학수 ★●
    6-8 백치(전3권) 박형규
    9-11 악령(전3권) 이철
3 W. 셰익스피어 1 셰익스피어 4대 비극 이태주 ★●◆
    2 셰익스피어 4대 희극 이태주
    3 셰익스피어 4대 사극 이태주
    4 셰익스피어 명언집 이태주
4 토마스 하디 1 테스 김회진 ◆
5 호메로스 1 일리아스 유영 ★●◆
    2 오디세이아 유영 ★●◆
6 밀 턴 1 실낙원 이창배

마크 토웨인

7 L. 톨스토이 1 부활(전2권) 이철
    3-4 안나 카레니나(전2권) 이철 ★●
    5-8 전쟁과 평화(전4권) 박형규 ◆
8 토마스 만 1-2 마의 산(전2권) 홍경호 ★●◆
9 제임스 조이스 1 더블린 사람들·비평문 김종건
    2-5 율리시즈(전4권) 김종건
    6 젊은 예술가의 초상 김종건 ★●◆
    7 피네간의 경야(抄)·詩·에피파니 김종건
    8 영웅 스티븐·망명자들 김종건
10 생 텍쥐페리 1 전시 조종사(외) 조규철
    2 젊은이의 편지(외) 조규철·이정림
    3 인생의 의미(외) 조규철
    4-5 성채(전2권) 염기용
    6 야간비행(외) 전채린·신경자
11 단테 1-2 신곡(전2권) 최현 ★●◆
12 J. W. 괴테 1-2 파우스트(전2권) 박환덕 ★●◆
13 J. 오스틴 1 오만과 편견 오화섭 ◆
    2-3 맨스필드 파크(전2권) 이옥용
    4 이성과 감성 송은주
14 V. 위 고 1-5 레 미제라블(전5권) 방곤
15 임어당 1 생활의 발견 김병철
16 루이제 린저 1 생의 한가운데 강두식
    2 고원의 사랑·옥중기 김문숙·홍경호
17 게르만 서사시 1 니벨룽겐의 노래 허창운
18 E. 헤밍웨이 1 누구를 위하여 종은 울리나 김병철
    2 무기여 잘 있거라(외) 김병철 ◆
19 F. 카프카 1 성(城) 박환덕
    2 변신 박환덕 ★●◆
    3 심판 박환덕
    4 실종자 박환덕
    5 어느 투쟁의 기록(외) 박환덕
    6 밀레나에게 보내는 편지 박환덕
20 애밀리 브론테 1 폭풍의 언덕 안동민 ●

미국 수능시험주관 대학위원회 추천도서!

위한 책 최다 선정(31종) 1위!

세계문학

150권
발행 ▶계속 출간

▶크라운변형판
▶각권 7,000원~15,000원
▶전국 서점에서 낱권으로 판매합니다

★ 서울대 권장도서
● 연고대 권장도서
◆ 미국대학위원회 추천도서

범우 셰익스피어 작품선

범우비평판세계문학선 3-①②③④

셰익스피어 4대 비극

W. 셰익스피어 지음/이태주 옮김
크라운 변형판 · 값 12,000원 · 544쪽

우리에게 너무도 잘 알려진 〈햄릿〉〈맥베스〉〈리어왕〉〈오셀로〉 등 비극 4편을 싣고 있으며, 셰익스피어의 비극세계와 그의 성장과 정 · 극작가로서 그가 차지하는 문학사적 지위 등을 부록(해설)으로 다루었다.

셰익스피어 4대 희극

W. 셰익스피어 지음/이태주 옮김
크라운 변형판 · 값 10,000원 · 448쪽

영국이 낳은 세계최고의 시인이요 극작가인 셰익스피어의 희극 4 편을 실었다. 〈베니스의 상인〉〈로미오와 줄리엣〉〈한여름밤의 꿈〉 〈당신이 좋으실 대로〉 등을 통하여 우리의 영원한 세계문화 유산 인 셰익스피어를 가까이 만날 수 있을 것이다.

셰익스피어 4대 사극

W. 셰익스피어 지음/이태주 옮김
크라운 변형판 · 값 12,000원 · 512쪽

셰익스피어 사극은 14세기 말에서 15세기 말에 이르기까지 영국사 의 정권투쟁을 다루고 있다. 여기에는 〈헨리 4세 1부, 2부〉〈헨리 5세〉〈리차드 3세〉를 수록하였는데 셰익스피어는 이러한 역사극 을 통해 세계인들에게 이상적인 군주의 모습이 어떤 것인지를 잘 보여주고 있다.

셰익스피어 명언집

W. 셰익스피어 지음/이태주 편역
크라운 변형판 · 값 10,000원 · 384쪽

이 책은 그의 명언만을 집대성한 것으로 인간의 사랑과 야망, 증 오, 행복과 운명, 기쁨과 분노, 우정과 성(性), 처세의 지혜 등에 관 한 명구들이 일목요연하게 엮어져 있다.

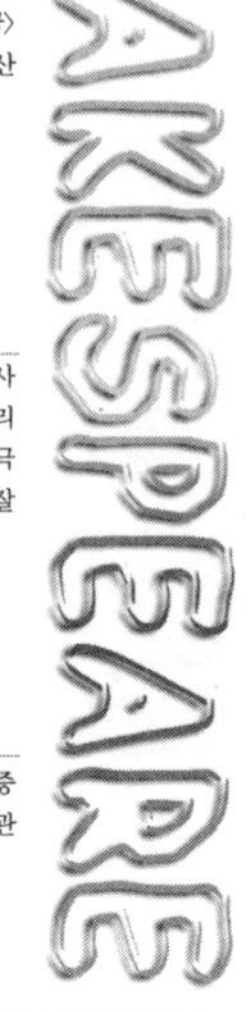

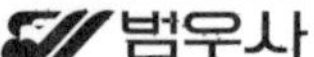 범우사　서울시 마포구 구수동 21-1호 전화 717-2121, FAX 717-0429
http://www.bumwoosa.co.kr (천리안 · 하이텔 ID) BUMWOOSA

서울대 선정도서인 나관중의 '원본 삼국지'

범우비평판세계문학 41-① ② ③ ④ ⑤
나관중 / 중국문학가 황병국 옮김

新 개정판

원작의 순수함과 박진감이 그대로 담긴 '원본 삼국지'!

원작에 가장 충실하게 번역되어 독자로 하여금 읽는 즐거움을 느끼게 합니다.

이 책은 편역하거나 윤문한 삼국지가 아니라 중국 삼민서국과 문원서국
판을 대본으로 하여 원전에 가장 충실하게 옮긴 '원본 삼국지' 입니다.
한시(漢詩) 원문, 주요 전도(戰圖), 출사표(出師表) 등
각종 부록을 대거 수록한 신개정판.

·작품 해설: 장기근(서울대 명예교수, 한문학 박사) ·전5권/각 500쪽 내외 · 크라운변형판/각권 값 10,000원

제갈량

＊중 · 고등학생이 읽는 사르비아 〈삼국지〉

1985년 중 · 고등학생 독서권장도서(서울시립남산도서관 선정)
최현 옮김 / 사르비아총서 502 · 503 · 504 / 각권 6,000원

＊초등학생이 보면서 읽는 〈소년 삼국지〉

나관중 / 곽하신 엮음 / 피닉스문고 8 · 9 / 각권 3,000원

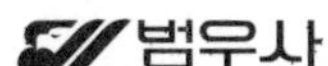